JOY OF
LOVE AND LIFE

爱与生的喜悦

[英]赵淑侠 著

广西师范大学出版社
·桂林·

爱与生的喜悦
AI YU SHENG DE XIYUE

图书在版编目（CIP）数据

爱与生的喜悦 /（美）赵淑侠著. -- 桂林：广西师范大学出版社，2023.4
ISBN 978-7-5598-4298-5

Ⅰ. ①爱… Ⅱ. ①赵… Ⅲ. ①散文集－美国－现代 Ⅳ. ①I712.65

中国国家版本馆 CIP 数据核字（2023）第 033594 号

广西师范大学出版社出版发行

（广西桂林市五里店路 9 号　邮政编码：541004
网址：http://www.bbtpress.com）
出版人：黄轩庄
全国新华书店经销
广西广大印务有限责任公司印刷
（桂林市临桂区秧塘工业园西城大道北侧广西师范大学出版社集团有限公司创意产业园内　邮政编码：541199）
开本：787 mm × 1 092 mm　1/32
印张：9.5　　字数：150 千
2023 年 4 月第 1 版　　2023 年 4 月第 1 次印刷
定价：60.00 元

如发现印装质量问题，影响阅读，请与出版社发行部门联系调换。

赵淑侠小传

赵淑侠,1931年生于北京,1949年随父母到台湾,1960年赴欧洲,原任美术设计师,1970年代开始专业写作,以《我们的歌》一书成名。其他长短篇小说有《落第》《春江》《塞纳河畔》《赛金花》《西窗一夜雨》《当我们年轻时》《湖畔梦痕》,散文集有《异乡情怀》《海内存知己》《雪峰云影》《天涯长青》《情困与解脱》《文学女人的情关》等。德语译本小说有《梦痕》《翡翠戒指》《我们的歌》。共出版作品三十余种。其中长篇小说《赛金花》及《落第》拍成电视连续剧。《我们的歌》出版后,引发海内外读者热烈回响。曾应学人和留学生团体之邀,到英、法、德、意、奥、西班牙、比利时及美国等多国做演讲。2009年出版作品有长篇小说《凄情纳兰》及散文集《忽成欧洲过客》。2010年出版《流离人生》,小说《赛金花》重印出版。2014年,《赛金花》在台湾第五度重印出版。

1980年获台湾文艺写作协会"最佳小说创作奖",1991年获台湾"中山文艺奖"。2008年获世界华文作家协会终身成就奖。

1991年3月16日,欧洲华文作家协会经过赵淑侠一年的奔走筹划,在法国巴黎成立,是欧洲有华侨史百年以来,第一个全欧性的文学团体。赵淑侠被选为首任会长,并为永久荣誉会长。

2002年至2006年,赵淑侠先后担任海外华文女作家协会副会长、会长。曾为世界华文作家协会荣誉副会长。

如今,欧洲华文作家协会把全欧洲的华文作家集合在一起,会员分布于欧洲二十二个国家,掌握十几种不同的语言。赵淑侠自认这是她对海外华文文学史所做的最令她自豪的工作。赵淑侠曾为瑞士全国作家协会、德国作家协会及国际笔会会员。近年德语国家的大学中文系研究生,频频以赵淑侠及其作品作为博士论文的题目,瑞士苏黎世大学有赵淑侠馆藏数据。

大陆于1983年开始出版赵淑侠作品,广受好评。1986年中国作协邀请其做三周访问,曹禺、萧军、端木蕻良、骆宾基、王蒙、邓友梅等作家在文联举行茶会欢迎。其也与沈从文、冰心相见,冰心女士在回忆录中提到此事,并由中央领导人康克清在人民大会堂接见。

此后数次回大陆,并受聘为中国人民大学、浙江大学、华中师范大学、南昌大学、黑龙江大学、郑州大学等院校的客座教授。

大陆80年代就有学者专门研究赵淑侠著作,专著有吉林大学卢湘教授的《海外文星——瑞士籍华人著名女作家赵淑侠的路》,由北方妇女儿童出版社出版。1994年,中国社科院海外华文文学研究中心与华中师范大学联合举办"赵淑侠作品国际研讨会"。海内外近五十位研究学者出席,并出版近四十万字的《赵淑侠作品国际研讨会论文集》。2000年,《赵淑侠的文学世界》面世,为汕头大学海外华文文学研究所副所长刘俊峰博士所著,由中国文联出版社出版。

研究学者们认为,赵淑侠的文风自成一体。在1999年陈贤茂教授主编的《海外华文文学史》上,曾分析赵淑侠的作品既不同于一般的"留学生文艺",也不是"无根的一代"的"浪子悲歌"。他的结论是,《我们的歌》的出现,标志着旧的留学生文学的终结,也标志着新的留学生文学的形成。

(注:文中所选篇目因具体发表时间不可考,出现"距今""今"等词均指文章发表时间,非本书出版时间。特此说明,不另注。)

目　录

人在他乡

爱与生的喜悦	2
告别紫枫园	10
苏黎世的迷思	19
我在纽约两题	26
自己选择的新乡	35

谈情说爱

爱情无疆界	44
破茧而出	54
谈情说爱	62
要爱生命	68
不似旧黄昏	78

岁月留痕

杂感两题	88
少年情怀是诗篇——我的1949	97
最是故园泥土亲	108
童年的江	118
难忘岁月中难忘的人	127

闲话文坛

东北文坛三老和一张相片	144
独行天涯闯文坛	155
纳兰性德与曹雪芹	165
郁达夫的感情生活	179

心的絮语

跟自己对话	190
千禧自述	199
在布达佩斯吃火烧鲤鱼	215
随感四题	219
心灵深处的触碰	227

浮生杂谈

病房组曲	236
勿怨红颜	252
独登雪山	262
苹果树的故事	268
萧伯纳的智慧之语	284
远古的笛声	291

人在他乡

爱与生的喜悦

世纪之交,我在纽约曼哈顿找了一个住处,计划每年一大半时间住欧洲瑞士,三四个月住纽约,做个飞来飞去的"两栖人"岂不快哉!

新居离世贸中心不远,我常在附近购物、散步或坐咖啡馆,好几次到世贸大楼顶上的餐厅,边观赏窗外风光边用午餐,很觉享受。

"9·11"事件的发生,举世震惊。对我这个亲睹双子星大厦倒塌的、新栖身的纽约客来说,更是仿佛看着地球在眼前爆裂、世界正在毁灭中一样震撼。人类因仇恨所用的残酷手段令我无言以对,一种难以形容的悲哀情绪萦回不去。特别是在静夜深宵,打开窗子想透透气,总嗅到一股奇异的焦糊味,我差不多就认定那是尸体火化的味道。

那一阵子过得真不快乐,心头像有一堆坚冰堵塞着,好多问题令我思索:人与人之间的仇恨真有那么深吗?数千个生灵竟然在顷刻之间化为灰烬。那些人,谁不是母亲怀胎十月生下的宁馨儿,谁不是跟着岁月的脚步,一步步辛勤走在世路上的人父人子人妻人夫?为什么他们要遭此浩劫?难道人心真的变成了铁石,世间的爱真的得了萎缩症,已退化了吗?生命的意义怎竟这般苍白!在郁结沉闷的日子里,我接受了家人和朋友的建议,决心搬离曼哈顿,到皇后区的法拉盛去居住。

靠朋友的帮忙,在小区中心的一幢大厦找到一个住处。新居在楼的顶层,视野开阔,尤其在晴朗的黄昏前,那一天深深浅浅的落日余晖,让我依稀走进了天体,被迎头盖过来的千层万层红色云霞拥在中间,神驰远逸悠然物外。我不得不承认世界仍然美丽。

出乎意料的是,新居给我的喜悦在一夕之间变成了烦恼:一个夜雨后的清晨起来,发现客厅临窗的地板上尽是水渍,窗台上更不用说,湿漉漉的全被浸泡。原来新居漏雨。情况令我十分苦恼,势必另找住处,可又不想离开这幢大厦。经过半年的等待,一位从事房屋中介的邻居,带我去看三楼的一间公寓。

时节是严冬二月,当我走进去的一刻,立时感到这个屋子比别处更冷,似有寒风吹入。正纳闷间,发现客厅窗台下放冷气机的部位,挡着一块木板。我不经意地过去将木板拿开,顿时被眼前的景象给震得怔住了。

原来冷气机已被原来的房主带走,此刻只留一个通向外面的空的洞穴。洞穴里有只肥嘟嘟的大鸽子,蹲伏在它用乱草自造的窝里。那鸽子老神在在,笃定地一动也不动,绝未因见两个人闯进来,有想逃走飞开的意思。我好奇地仔细观察,发现它的神情有些紧张,眼中似有敌视和戒备。我自问看过的鸽子也不少,可就没见过这样傲慢懒惰,如此不把人放在眼里的。那同来的中介说:"哎呀!这个讨厌的鸽子怎么赖在这里不走,我来赶它。"她说着就要动手,我连忙挡住道:"它说不定受了伤,要不然怎么蹲着不动!"就在这时,它已因受惊挪了一下身体,我才清楚地看到,原来在它的身体下面,有两枚白中透青如鹌鹑蛋大小的卵。天哪!原来它在坐床生产。它那含有凶光的充满戒备的眼神,是母亲保护自己的孩子时,发出的勇敢眼神。

我为这情景感动已极,顿时忆起曾养过的一只叫奥力的腊肠狗。它是我的瑞士好友丝艾娃,送我儿子十一岁生日的礼物。我们初次去看奥力时,它刚出生四个星期,一身柔软的棕褐色毛皮,圆圆的小脑袋,两只亮晶晶的无邪的大眼睛,可爱得让人心能融化。儿子和小他四岁的妹妹把它宝贝一般地抱在怀里。可这时奥力的妈妈竟发狂一般对着众人狂吠。它一口气生下五个儿女,却避免不了主人将它们全部出售的命运。最令我惊奇的是,那狗妈妈把它的孩子们,一个个地用嘴叼着后颈藏在狗屋后的隐秘处,它自己则雄赳赳气昂昂地守在狗屋前。瞧它那神情,好像谁要再往前进一步,它可就要不客气地扑上去,狠狠地咬上一口。就像那只母鸽子一样,我想若有谁敢去侵犯那两枚鸽子蛋,它保不定会用那又尖又硬的嘴,啄瞎那人的眼珠。

我们静悄悄地退了出去。我惊奇于一个卑微如野鸽子的出生也是如此庄严,要母亲的孕育和温暖,帮助蛋壳里的新生命成熟,引领它们到世间来。在那个蛋壳里的小生命还没出来前,做母亲的已用全部的生命来爱它们了。世间万物的爱与生竟是如此的自然美好,这是上天用宇宙之心谱出的韵律。代代相传前仆后继,且看古往今来经过多少争战残杀,大地仍然生生不息,世界仍然在前行,在进步。我想,没有什么事值得我去沮丧,欣赏大自然给人间的爱与生的美,体会其中的喜悦,才是我的本分。是那只鸽妈妈引得我天马行空,想了这许多。

我订下了那间公寓,带装修公司的人来商量更新的事,他们想立刻赶走母鸽子,然后来番大清扫,包括将两枚鸽子蛋丢进垃圾箱。"六个星期保证做完交屋。"那领班的先生说。他的话吓了我一跳,"不行,要等小鸽子出来才能开工。"我说得斩钉截铁。他们几个面面相觑,好像在问:"这个人没有病吧!"但我意已决,坚决不受任何影响。想不到的是,就在当天晚上,再下楼去看时,只见一只秃毛的小乳鸽,正伸着长长的脖颈,摇摇晃晃地从蛋壳里挣扎着往外爬,那做母亲的在旁边静静地凝视,表情温柔已极。这幅爱与生的绝美至情的图画,给了我震撼性的感动,我把它当作是对生命的礼赞。没有相机存影留念当然可惜,事实上,假如那时有相机在手,也不会拍照的:可别惊着那初见尘世之光的小生命。

第二天再去时,另一只小鸽子也出来了,两个小家伙老实地伏在窝里,看样子腿爪还太软,无力站起,只把颈子伸得挺直,仰起脑袋张着尖嘴,朝空中东咬西咬的,发出轻微的啧啧声。它们的母亲不在,想是给初生的儿女寻觅食物去了。

看两只小鸽子的表情,就知一定肚子饿,也许还渴!可它们不会走动,我也不敢走近那个窝:怕它们一惊慌滚到楼外摔坏。最后我端来一碟清水,切了一些全麦的面包丁,放在离它们两米远的地上。心想:如果你们有能耐,就爬过来吃喝。如果没能耐,就等你们的妈来想办法吧!它不会抛弃你们的。再去看时,果然那鸽妈妈回来了。正大喇喇地又吃又喝,隔一会儿就衔一粒面包丁去喂那嗷嗷待哺的小儿女。有我的物资支持,显然一家子的生活过得不错,于是我又满街去找宠物店,买到专喂鸟类的饲料,连同面包和水,每日定时供应。

鸽子们生活安定,两个小家伙虽不会飞,但已能在地上摇摇摆摆地走来走去,自己吃喝。一家三口全不怕我,我在屋里它们照样过自己的日子,看那情形好像打算永远住下去了。另一方面,跟我已订下合同的装修公司,每隔三五天就来个电话催促:"下星期可以开工了吧?""恐怕不行。两只小鸽子只会走,不会飞,怎能离开。再说外面还太冷,再等等吧!""唉唉!为了几只鸽子——"那好脾气的老板无可奈何的口气。我自感压力如山般重,因那老板宣布了最后通牒,说如果一个月内还不能开工的话,他就要先到费城去给一家公司装修写字楼,要三四个月后才能回来给我工作。

漫长的冬季终于过去,软绵绵的春光四月,窗前的大叶树已抽新枝,涌出一片耀眼的绿,麻雀在枝头叽叽喳喳,处处都是春的消息。那天我又到三楼给鸽子一家送吃喝,打开门,却不见鸽妈妈和它儿女的踪影。原来小乳鸽翅膀已经长硬,可以在天地间自由翱翔了。我连忙打电话告诉装修公司此事,那老板长叹一声,说次日上午八点开始做工。话刚说完,却见那一家三口已倦游归来,母子三个正翘着尾巴饮水呢!

我第一次试着走近它们。很想抚摸一下那小鸽子锦缎般的羽毛,但不待我触碰到,它就拍着翅膀,随它母亲,一家子全飞走了。第二天早上,装修公司的第一个动作,就是把那个洞穴装上铁栏,防备鸽子们再进来。

如今我住在这公寓已经两年,阳台上也偶尔有鸽子飞来,不知它们是不是那鸽子一家。有时在市区的空场上,见成群的鸽子嬉戏,忍不住就多看几眼,想辨认出其中可有鸽妈妈和那两个可爱的鸽宝宝。当然是辨认不出的,它们都是一身锦缎似的,灰中透粉掺点银光的羽毛,尖尖的嘴,跳跳搭搭的活泼态度,看上去仿佛同一个长相。

它们的世界毕竟与人间世界有段距离。

其实我亦无须认出它们,只送上我的祝福就好。我也感谢它们,给了我那么大的爱与生的喜悦。我想凡是给过人间喜悦的人和物,都该受到感谢。

告别紫枫园

搬家是突然之间决定的,说搬就搬,全体总动员,三个星期之内,便把那上下四层的老房子腾空。我每天从早晨八点到晚上七点,除了吃饭的时间,全在做清理工作,腰酸背痛自是不免,手心和指甲也是乌黑一片。

住了二十九年的老房子,每个角落都有历史,都尘封着出人意料的缤纷回忆,在屋顶间的贮藏室,赫然发现四十年前我初习写作时的草稿,褐黄色的十页纸,密密麻麻的小字,古老得仿佛属于上个世纪。这么老的劳什子留它做什么?丢在垃圾袋里又捡了起来。攻读美术设计时的图画和笔记,厚厚的两大沓,每篇每页都曾付出心血,牵引着已远去的青春岁月,弃之似乎可惜。最后只留下一小部分"代表作",绝大部分当作废纸处理。

旧物里常包含着挥之不去的旧情,揉缠着人生中的琐琐碎碎千丝万缕,并不都容易得一抬手便能丢弃。像孩子们的玩具,儿子骑过的会摇的小白马,成箱的小汽车、电动小火车,小女儿各式各样的绒毛动物,猫、羊、白象、黑熊、大大小小的狗,哪样不是点点滴滴的温馨!怎忍得割舍!

特别是一个德文叫Laufgitter的东西:那是一个高出地面十多厘米,状如拳击赛台,木底上铺软垫,四周有栏杆,专供幼儿学走路,或坐在里面玩耍的用具。儿子一岁时,在里面绕着栏杆转,我在靠窗的缝纫机上给他做衣服。后来小女儿又接着用,栏杆里堆满绒毛玩具,她跟它们滚作一团,我在旁边写文章,不时地用话逗逗她,她咧开小嘴笑嘻嘻的。斯时斯景,对做母亲的是永难磨灭的美丽画面。如今念大学的小女儿和攻读博士学位的儿子,却睁大眼睛不解地问我:"这些旧东西留着有什么用?"

对,这种东西留着没有用,要拿出狠心和魄力来丢,"大智大慧的人懂得舍",我一边整理脑子里一边转动着这句话。高度几乎达我肩头,宽度足可容下两个人的大垃圾袋,一买就是数十卷,决心放开手来舍弃。不舍旧的难以开创新的,何况新住所面积少了一半,哪有空间容纳这许多的陈年老货!我连看也不看,整抽屉地往垃圾袋里倒。

惹得坐在那儿,慢条斯理地整理文稿和书籍的先生,急得直嚷,叫我手下留情,可别丢了他有用的物件。

搬离这个家对他甚是艰难。回想当年,一个初露头角的科学家,非要娶这个爱写文章又爱画画,被他认为"才貌双全"(这是他情书中一再重复的句子,对于一个对文学一窍不通的科学人来说,也算挖空心思了呢!)的女人做太太不可,待老婆讨进门,手上那点微薄的积蓄已经花光:当我翻开那唯一的存折,记载的数目是两千八百七十九块六毛五瑞士法郎。买家具的三千余法郎尚未付清,因此最初我们是租公寓式的房子居住的。

他终生研究震动力学和减噪音学,听觉较一般人敏锐,常苦于楼上邻居扰他清梦。于是我们立下心愿,要有一幢自己的房子。可巧舒曼先生夫妻离婚,急于卖屋分钱。往常情形,瑞士人是不愿将祖传房子卖给外国人的。我们不知哪里来的运气,竟在多位竞争者中得到这幢老屋。

运气虽旺,钱可不旺,两人各在服务的机关预支一笔薪金,才勉强付清头款。待银行办好借贷,契约一签,我们就成了老屋的主人。接下来的便是内部更新。

那时我在一家纺织公司做美术设计师,每天上班近九小时。下班之后,也顾不得回原来的家,急忙买些现成的食物,赶到新居,先生已换上工作服等在那儿。匆匆吃喝一番,晚餐即算打发,体力劳动便自此刻开始。

所有房间的门全遭卸下,他自表手拙,只能做助理,耐心地用砂纸磨去原来的旧油漆,刷洗干净。我扮的是导演,胸怀通盘计划,拿出画广告画的技巧,小心地均匀涂刷上新漆。一次刷过风干数日再来第二次、第三次。那些黯然无光的门,扇扇变得清新亮丽,纤尘不染,别是一番面貌。

墙壁也是一样,除了顶楼请了位朋友帮忙,客厅和饭厅为了讲究些,不得不找装潢公司来糊壁纸、铺地毯,整个房子,连窗帘、床单、椅垫,都是由我向服务的公司,购买专卖给同人的折扣料,自己一针一线缝制的。

原来的屋主好农艺,后院是个大菜园,我们喜爱的是绿草如茵,于是拿起铁锹翻土,蹲在地上捡菜根、石头,撒上草种,反正一切按自己的喜好施行。院里果树不少,苹果三棵,紫白葡萄和红樱桃树各一棵,黑李子两株,水梨和榛子也果实累累;但最得我喜爱的,是大门口的枫树,高度直达二楼,参差有致的枝条伸得好远,密密麻麻的叶子巴掌大小,秋天时节一片耀眼的紫红。初做房主,两人都觉新鲜,他说:"你给取个名吧!""紫枫园"之名便应运而生。

在紫枫园里一住近三十年,这长长一段时间里,两人都不懈地努力工作,他一篇连一篇地写科学论文,到世界各地开会、演讲、讲学。我一本接一本地创作文艺小说和散文,有本散文集的书名就叫《紫枫园随笔》,记下在这个异乡家园中的点点滴滴。各自在专属的领域里闯出一片天。我们的儿女也在这间老屋里出生、成长。紫枫园紧系这一家人的悲悲喜喜。

紫枫园里的日子曾经兴旺,但不容否认,近年来它的气势在明显地衰退。虽经多次修葺,房子的外表仍能看出苍老颓败,至于内里,沉郁浓重的空气使人感到压迫。

环境在变。儿子读大学的四年里,每天到邻城苏黎世上课,仗着是男孩,硬是早出晚归地乘火车跑了四年,待小女儿入大学,我们无论如何不放心她起早顶黑地奔波。欧洲大陆的学校又不流行住校,没有学生宿舍,我这个做母亲的,便设法在苏黎世弄间公寓给儿女居住。自己也因陪伴女儿,或为了便于参与文化活动,一半时间寄身在这间公寓里。全家人集中紫枫园的日子越来越少,往往只在周末小聚,平常雇用一位大陆来的妇女,为先生打理三餐。这自然会引起他的不满,我亦为此自责,但紫枫园里冷幽幽的气氛又使我惧怕,怕到几乎想拒绝做它的女主人。

近两三年来,我挣扎在精神的苦海里,心灵受着强烈的蹂躏,痛苦的程度就像身上生了一块顽瘤,根深蒂固,割除又太痛,要流血,仿佛忧郁症即将缠身,感到无力承担,以致把生活推入了地狱。

我固然不乐,全家人也无可奈何地跟着不乐。直到那晚足想了大半夜,前因后果来龙去脉一一分析,心海忽趋风平浪静,眼前一片祥和,清楚地看出自己是策动生命的主人,所拥有的,比周围大多数人所有的更多,实在没有理由如此自虐。为什么放着宽广的阳关大道不走,偏要钻荒荒凉凉的小径?于是立即发下大愿,重建健康生活,就像当年接手重建败破的紫枫园一样。

"你愿搬家吗?"记得是10月12日的清晨打的电话。"搬家?为什么?"不以为然的口气。他曾说过,紫枫园是永远的家,绝不离开。"因为在紫枫园我感到气闷,心情不舒畅。""如果搬了呢?心情就舒畅了吗?""搬了家我会经常回去,我有决心改善生活。""唔,喔?"显然吃惊了,我想象得出他坐在办公桌前沉思的神气。"我当然是愿意搬的,也知道你要做什么一定可以做得很好。"声音是欢愉的。

搬家的行动在那一刻就开始了,家中每一分子都掩不住兴奋,也都知道该丢掉的东西太多。然而从哪儿丢起?一个在那样艰困情形下,胼手胝足建立起来的家,处处是自己辛勤的成果,总有形无形地牵着一线情,要舍,谈何容易!难怪他那么细心地捡拾,仿佛样样可贵,样样难舍。

难舍,也要舍。专供搬家的拖废物车,前后共来三次,我们总计丢弃一百二十九个大塑料袋,里面装的货色可谓包罗万象。一卡车书籍杂志,三大箱铁器,两大箱玻璃和旧瓷器,一车旧家具和木器。此外捐赠红十字会十一袋新旧衣服。救济东欧的组织,特别开辆巴士来运走全部玩具。

搬运的那天,堆满半条街,邻居们叹为观止。一对相熟的夫妇问我:一口气丢弃这么多东西,有没有不舍?我说有,但不舍也得丢。因没地方放也无啥用处,何必留着徒占空间!

由于这次的搬迁,我深深学到一个真经验:人不可以太好买。如果不是最需要的,顶好都不要买回家来。否则是钱没了,时间没了,更糟的是因那些东西并无绝对用处,终要遭遇丢弃的命运,最后是东西也没了。忙碌一场的结果是"四大皆空"。

我一边丢东西一边教训自己:人性中有许多弱点,"贪"字是常犯的毛病,所以人常在不经意中放任物欲膨胀。但为人切忌贪,无论是对物、对情,或对名利,如看不透,必惹来无穷烦恼。

该丢该舍该搬的全部运走之后,老屋又恢复成最初的空屋。当一家人坐上汽车欲离去时,依依然的有些留恋,可更多的是轻松。从此我不必再为那沉重的空气而情绪抑郁,不必再为无人愿做花园工作,庭院荒芜而懊恼,更不必为了屋子太大太老,收拾不过来而顾此失彼心焦不已。

在新居里我们开始了新的生活。儿子负责安装所有房间的灯,小女儿帮助打开一个个的纸箱,将里面的对象放在它们应在的地方。先生仍旧茫然地扬着这两只手,只会整理属于他的书籍,我担任的还是总工头,事无巨细,面面皆顾。

客厅里的大小纸箱慢慢消失,餐桌上的零星杂物也被清除,屋子看来已不太像仓库,逐渐进入正轨。

那天,我扎上围裙,下厨烧了顿不坏的饭:因搬家忙乱,连日在外面用餐,每个人都感到胃口委顿。

我的烹饪水平平平,但对我家几口子来说,已是好个了得,足以让他们吃得皆大欢喜。在餐桌上,先生说:"妈妈是我们家的灵魂,她是不能辞职的。要是没有她,这个家怎么过下去啊?"

家的意义就是如此。看上去无啥色彩,平稳得像一只钝船,想乘它漂洋过海浪漫出游已不可能。但当你在外面跌了跤受了伤,或倦于旅途,它却能为你遮风避雨,提供一份安定。生活是铁铮铮的现实,有乐有苦,有平淡和凡俗,不可陈意过高。太阳底下本无新鲜事,生命宛若球赛:该你接的球,从哪个方向来都要设法接住。

新居的花园数家共属,也没有那么多的果树,更无风姿绰约的美丽紫枫。好处是我们不需做庭院工作,少了一大负担。世间的一切事物都有两面性,有失必有得,有得亦必有失,得失在乎方寸之间。

如果说告别紫枫园心中无痛,那是骗自己的谎话,但从此放下那些古老的包袱,远离一些触景生情、惹人烦恼的回忆,抖落一身尘埃,在新天地间重塑新环境,享受一份单纯之乐,不亦快哉!

苏黎世的迷思

自从知道三妹要来,便忙着把家搬一半到苏黎世。在工业小城一住近三十年,除了偶有应酬或外出旅行开会,几乎夜夜把自己关在书房里,不是写就是读。这两年忽生怠倦之感,正好由这个暑假起,小女儿也要到苏黎世念大学,我便在大学区弄了个住处,名正言顺地做起苏黎世人来。

苏黎世是个美丽的城市,建筑古朴,街市繁荣,有老城的苍劲,也有现代大城的新潮,穿城而过的一湖净水,毓秀清灵,足以洗尽她商业之都的尘气。

三妹在欧洲整整一个月,除随我去比利时开会,并单身到巴黎和马德里去拜访朋友外,剩下的时间要留在瑞士姊妹团聚,而这正是我为什么急着搬到苏黎世的原因:这个叫温特图尔(Winterthur)的工业城,民风保守,生活枯燥,人们特别注重健康,讲究早睡早起,晚上十点一过,附近邻居家已是一片黑暗,只有我家二楼还亮着孤灯一盏。不须问大家便知道,那是陈太太的书房——多年的邻居,没人管什么作家不作家,都称陈太太。反正谁都知道陈太太经常工作到深夜,早已见怪不怪。

我过惯的日子别人未见得能过惯,几个妹妹来住过几天之后统统向我抗议,说虽想来探望我,却也受不了那种无聊,尤其是晚上九点一过,房子里静如山谷,每个人都要压低嗓子讲话,更是弄得她们要发疯。几个人都曾申明:若再光临,情况必得有所改变。我怎能不赶着搬家呢!那天天色不错,我跟三妹说,入夜以后到车站大街去坐露天咖啡座,欣赏月亮吧!她听了十分赞成。关山远隔,大老远地来一趟,却只见我整天没头没脑地忙,鲜少陪她出去逛逛走走,嘴上不说,心里当然还是挺气闷的。

其实三天之前是农历六月十五日,我早就决定去找月亮的,为此特别跟儿子约好,请他向女朋友告个假,开车陪妈妈和阿姨到湖边去吃鱼。儿子倒很慷慨地答应了,谁知天公不作美,下起雷电闪闪的暴风雨。鱼是吃了,月姑娘始终没现身,令人颇是遗憾,深觉人算不如天算的谚语不假。譬如我原以为有了苏黎世的住处便有个属于自己隐秘又宁静的小天地，可以安心地多写些文章，偶尔也可与女友们去听听音乐会，吃吃小馆，或到湖畔散散步，把生活稍作调整，半数安排在苏黎世，另一半回温特图尔，我不在温市"老家"的日子，各种杂务事将交给曾为我帮忙多年的卡洛斯太太。在我打好这算盘的时候，当然一点也没料到，卡洛斯太太的母亲突然罹病，她必得返回故乡西班牙长住。如今我只好两边烧饭和操作，反而又忙碌了许多。

露天咖啡座是欧洲的特色之一，也是那些外来的观光客最迷恋的。我们选择的那一家在两幢大楼之间的空地上，几十张桌子坐满了人，我们那张位子甚好，临马路，靠高墙，虽在众人之中却能不受干扰地谈话。

我们饮啜着新压出的橘汁，望着过往的行人，谈着昔日家中的种种，童年和少年期的悲欢岁月，已离别人间的母亲和年迈的父亲，往事如走马灯，反反复复地在思绪里旋转，忽而清晰忽而模糊，尽是些古老的快乐和悲伤。气氛是低沉的，谈话的内容充满感性，而耳畔流过的仿佛是时光长河滔滔的奔腾声。我对三妹说：如果人能遗忘，该是多么的好。她说：过去的已如昨日死，未来的不可测，还是今天活得快乐最要紧。

然而今天是什么呢？不是过去的延伸吗？在某些时候，人生宛如一个不可解的谜，有些事你可能转眼即忘，有些事确实终生难忘，非但不会随着岁月消失，反而会跟着年龄增长：你会责备自己愚蠢，食古不化，却无法控制自己的意志。怎么解释呢？也许过去与今天是流在一条河里的水，想切断根本不可能。佛家叫人远离烦恼，六根清净。但怎样才能真正远离和清净？对于一个尘世中人而言，是上天有意劳其筋骨，故意给出的难题？

姊妹两人聊着这些不着边际的话题，苍茫夜色渐深渐浓，已经等待了多时的明月仍无丝毫踪影，这时我才发现，一幢幢如林的高楼遮住了视线，看得见的只是头顶上的那一块天，就算有月亮也看不到，何况天空暗得黑沉沉的，别说月亮，连星星也不见一枚。

现代都市的悲哀就在此，怀着比赛的心情猛追现代化，大楼越起越高，自然景观逐日式微，白日的繁华喧嚣不过更凸显出夜的孤寂和萧条。那些平行的高楼，铁钉般坚固地矗立在地面上，彼此间永远不会碰头，看来那么冷硬可怖，它们不仅挡住了人的视线，也挡住了人的心。

人与人之间的关系,常因高楼的出现而有所改变。时间的隔远、环境的熏染、际遇的顺逆,常是人际关系中的高楼,原来可以互相倾诉的朋友,可能因时间的隔离而变得话不投机。往昔了解甚深的伙伴,会因环境的迥异而心距遥远。当年形影不离的故人,如今说不定因际遇的不同而相互走避。心中的高楼使人故步自封,各说各话,也使寂寞者更寂寞,孤绝的更孤绝,人与人之间更误解,更疏离。人都想挣脱孤寂与疏离,寻取温暖、了解与友爱,然而并不容易,在这些以物估人、竞争激烈的城市里,每个人都在为自身的生存奋斗,筋疲力尽之余,真情实意的交往日益减少,一些好朋友就靠偶尔通个电话联系,一年至多见上一两次,见面时欢聚笑谈,但顷刻间亦曲终人去,正是天下没有不散的筵席。平日朋友满天下,真痛苦时谁也不敢吐露,那杯苦酒还是得独饮。现代人竟孤绝若是!

日前一位好看书的朋友忽告我:读书害了她,使她越来越找不到有共同语言的朋友,内心的孤独难以言喻。她的话如一声警钟,深深震撼了我。

读书原是好事,却也能令人陷于困境。是否曲高真的和寡呢?但又无法把本值一斤的分量,硬是降到四两,故意去迎合低俗的趣味。

早先就读过几本佛学书,四月回台时买了两箱,一得闲就没头没脑地看起来,也就不知不觉地沉入其中。这种书读多了,会改变对人生的看法,一般人认为重要的东西,可能认为不重要了,以前不曾深思过的问题,现在认真地去深思了。疑问虽多,思想上也许会得到新的启示与出路。唯阅读的本身虽趣味盎然,负面作用却也就跟着来了。正如那位朋友所说:读得越多,离人群愈远,心里那幢大楼也就越高,高得你凛然危立,不胜寒冷。

归程时夜色已深,终未见到一丝星光月色,只是灯火仍辉煌,来往的行人仍络绎不绝。茫茫夜色中三妹又告我,眼前过得快乐最重要。我反问她眼前是什么呢?也许只是那几个背着行囊的青年洋人?他们看不见过去,"过去"两个字,在他们的字典里说不定是可笑的代名词。他们的人生观是勇往直前,计划一箩筐,走过一站又一站,直到有天累了、倦了,蓦然一回首,才惊觉多少岁月已经溜过。意兴阑珊之余,抚弄两下鬓边冒出的几缕白发,终于知道,不管多么生气勃发的生命,也有老之将至的一天。

但是为什么此时此刻我会在此地遇到他们呢?地球

上有那么多人,"我"却只有一个,为什么竟巧得遇上这个唯一的我呢!三妹说我的问题太玄。我说不是"玄",是"缘"。人生种种巧合只能用缘字来解释。某人与某人结成夫妻、交作好友、成为情侣,都是因缘。就是在街头跟不相识的人擦肩而过,也是有缘。当然,我们共父共母,生为同胞姊妹,更是缘分注定。

三妹似有所悟,说苏黎世城很美,在这么好的地方有我这样的生活,应该满意,只是好像寂寞了些。我说:对苏黎世和新居都不能说不好,不过如果亲人和老朋友们都搬到附近,再来上古刹一座,可就更好了。

不久前住院开刀,病床正对着两丈高的大玻璃窗,适逢晴天,夜夜迎着星星入梦,心中想的尽是家人和旧友,古人说望月怀远,其实在无星无月的黝暗中怀念得更深。人生在世,聚散无常。写这篇文章的时候,三妹已飞越太平洋,到另一个城市去了。

我在纽约两题

在纽约街头徜徉

居住欧洲多年,入乡随俗,养成喜好散步的习惯。虽不像瑞士人那样,动辄一走三四个小时,但黄昏前四十五分钟的健康行路,除非天气特坏或有事在身,倒是很少间断。

散步属于健身项目的一种,像我这种缺乏运动细胞、不会打球也不会游泳的人最为适合。瑞士是世界上顶讲究生活质量的国家,时时注意空气清新,有人家处便有浓荫及好花,环保工作做得彻底,所以我那三刻钟的散步,是与呼吸新鲜空气和欣赏锦绣繁花并行的。来到纽约,变成了一个新人,仿佛舞台上的大幕重新开启,节目总得顺应环境做些更改,其中包括惯例的散步。其实这个改变绝非心甘情愿,乃属不得已,因为我的居所附近尽是大街,终日车辆穿梭不已,汽油味随风四散,在这样的道路上散步,非但收不到健行的效果,还有"吸毒"的危险。因之头半个月我坚守"城堡",只在办事、购物、访友时外出,拒受污染。直到有天从窗子望出去,觉得外面亮堂堂的世界实在太诱人,有振翅欲飞的冲动,才恢复了散步的老习惯。

说明白些,那不叫散步而叫闲逛。那天我沿着百老汇大街往上去,独个儿在宽宽的人行道上晃荡,穿过一条又一条的横街,扫视着擦身而过、熙熙攘攘的人潮,各色各样的人种:黑肤少年臂挽白肤少女,鬈发蓝眼的西方男人,与黑发披肩的东方女子相拥而过;鼻孔挂金属环、把头发染成红绿颜色的新人类,乃至不知从近东哪个国家来的,用纱巾蒙住半个面孔的妇女。当然,最多的仍是穿着整齐,一眼望上去便知是属于白领阶层的上班族男女。偶尔也会看到蓬头垢面的酒鬼和边走边喃喃自语的中老年人。

那真是一个大混合的局面,给人的印象是,种族国别分不清,华丽整洁、标新立异或崇尚传统,都不会被视为怪异,无人会指指点点。

自由自在,无拘无束,思想任意驰骋,心中没有负担,信步前行,走到哪儿愿停则停,要回头就回头。漫漫世路霭霭红尘,兀自随兴徜徉,静观人群百态,是何等的逍遥有趣!那感觉真好。从此以后,我自然而然地恢复了散步的爱好,也就是说,常常一个人像无业游民般,在马路边上闲逛。

我在纽约街头闲逛,仍保持在瑞士时散步的老习惯,独来独往习以为常,无须人陪伴。见美国的男女老少都穿得那样随便,尤使我心喜,不必梳妆换衣,披件外套,背起皮包,登上那双台北买来的跑步鞋,十分钟后人已站在马路旁,多么省事省时。比起欧洲人的时时不忘绅士淑女风范,晚上不穿白日的时装,工作不穿休闲的衣服,出去散步几十分钟,也记得穿戴整整齐齐、免失身份的不成文法,我这怕麻烦的人,深感便利得近乎可爱。

我看人也看橱窗,近年来购买欲随着年龄节节下降,每次上街除了买点牙膏、肥皂之类的必需用品,俨然地球上最重要的事就是个"吃"字,手上提得沉甸甸的东西,多与口腹相关,例如水果、青菜、酸牛奶、黑面包。看着从一家家商店进进出出的顾客,洋溢着一种动感和生机,让人觉得这个世界是真的在活着,在不断地向前运行着。

我常常这样逛着、想着,不觉间走得好远,曾几次走到第二或第五大道,在那平坦宽敞的人行道上,享受着流浪汉式的孤独与自由。暖烘烘的人气自四面八方袭来,不必相识、不费语言,人潮如河水,波波相连,自身亦属于长流中渺小的无形涓滴。同行者相互之间的距离何其近啊!

当走累了,街边有咖啡座可歇脚,慢慢地饮啜一杯咖啡,用欣赏的眼光静观过往行人,其间况味只可体会难以言传。在注视他人的同时,亦能更清晰地观照自身,脑子里不是胡思乱想亦非空白一片,竟反而比坐在屋子里沉思默想,愈加剔透清明。

独坐咖啡座上看街景,在瑞士我亦常为之。但瑞士与纽约的街头景观截然不同,各有千秋。苏黎世大街有贵妇的矜持,就算在游客最多的季节,也显得井然有序,整洁雍容,不似纽约的开放豪迈、包容量大。

在纽约街头匆匆而过的行人,无论哪个族群,好像脸上的表情都有理直气壮的自信。涌满人潮的街头画面上,种族仿佛是不存在的名词,看一对对相拥或牵手而过的年轻男女,说明着谁要跟谁谈恋爱,红黄白黑各凭自由。

纽约城大路多,不愁没处走。蓝天白云、高楼巨厦之下,思绪随着脚步混在人潮中徜徉前行,依稀是在追逐着时光环绕宇宙。

纽约的新移民

1998年的春天,我带去两只超大号衣箱和一腔犹疑矛盾,仓仓促促来到纽约,做个新移民。

初住曼哈顿,颇能入乡随俗,很快地便适应了周围环境。纽约华人社团及文化组织特多,常常开会。借用某友人的话说:"在纽约,如果谁爱开会,几乎可以天天开。"

我虽然常受热情邀约,倒没有那么爱开会,只选择在周末时刻参加文艺集会。生活中的杂务不少,事事需自己操持,有那爱聊天的朋友不时来个电话,一谈就是一个钟头,所以我的日子过得很难寂寞。

如果抽闲安静地听听古典音乐,或穿着旧旧的牛仔裤和球鞋,在曼哈顿中城一带宽宽的人行道上漫步,走累走饿就钻进咖啡馆,来杯香喷喷的热咖啡,可真觉得既自由又享受,极合乎杰斐逊在独立宣言中强调的美国立国精神中的"追求幸福"一项。

曼哈顿的日子堪称逍遥,但也并非零缺点。譬如我们文艺界的集会,绝大多数在法拉盛召开,每次来参加,只交通一项就是大课题。特别是回程,如果散会时天色已晚,就不便独自回归曼哈顿。

于是,每次某处邀请开会,还得备人送返,无形中我竟成了"麻烦制造者"。

我的几家亲戚和多位好友都住在法拉盛,他们不止一次地说:"搬到法拉盛来吧!你一个人住在曼哈顿有何意思?"那情形就像我在欧洲时,亲友们鼓励我来美国常住一样。

流浪、迁徙,不停地搬动绝非我所喜欢的生活方式。安详、自由自在、不受干扰、无压力、少责任的日子,才是我所向往的。再搬一次家,让我听了都嫌疲倦,更别提付诸行动了。

正在坚定地把众人的良言当成耳边风,决心守住曼哈顿不动如山之际,忽然发生了震惊全球的大事:"9·11"事件。

我在曼哈顿的寓所离世贸大楼不远,那天竟亲眼看见两幢傲立于世的大厦,如何在一瞬间化为颓垣与灰烬,而我个人的日子也变得艰难了。

近三个月电话断线,楼倒之后立刻无冷气无热水,买不到食物和报纸,进出街道要看身份证明,马路上到处是水泥路障和木栅栏,纽约市仿佛变成了乱世危城。满眼是戴着各种各样的帽子、穿着不同制服的警察(是他州来救急帮忙的)。

我与法拉盛的亲友完全失去了联系。顷刻之间,纽约看来好陌生,似乎已成另外一个城市。

若说"9·11"没有动摇我对纽约的信心,也不尽然。记得楼塌后的一个多月,曾到现场附近,隔着百老汇大道观望良久,清楚地看到大厦残骸。

第一幢剩下不到四层被熏得焦黑的屋架,第二幢被高温烧成橘黄色的巨大钢骨,像从碗里流出的面条般,一条条地垂下来,真是让人触目惊心,顿生人事无常的虚无缥缈之感。

回程时恰逢下班高峰期,只见在华尔街一带工作的男女,仍然衣鲜人洁,论年纪属中青一代,他们说着笑着,脸上找不到忧蹙之色,我想他们总有朋友同事之类的人在事件中丧生吧？何以依旧笃定自如,笑容灿烂!

我又想,也许这正是纽约人禁得起风浪和打击、不凡的一面。纽约人是不属于为伤痛的既往任自身委顿憔悴之辈。生命力是超强的。

如今我已成为纽约近千万市民中的一个,像一粒沙子沉在河滩上那样,被融入芸芸众生之中。

去年秋天终于搬到法拉盛,生活中大事不多,拉拉杂杂的小事却永远不断,加上朋友们热情,动辄找去开个会,演个讲或新书发表前去助阵。周末子媳女儿常来探望,最让我迷恋不已又手忙脚乱的,是那刚出生四个月的小孙子。

他是个小混血,两只蓝色的大眼睛,曲卷的黑头发,十分可爱。

诸多事加在一起,足够我忙的。何况明年要开始召开的"海外华文女作家大会",由我任主办人,现在已是启动时刻。

借用大陆常用的一句话来形容,我正在纽约过着"火热"的忙碌生活。

几年来我被问起最多的一句话是:"瑞士山明水秀、优美干净。纽约又脏又吵闹,你在这里过得惯吗?"

我答:"过得惯,纽约有容乃大,能包容各色文化。就算脏乱一点,也有脏乱的生命力。"

听得人不由叫起来:"什么!脏乱还有生命力?"据他说这句话是对纽约最高的赞美,应列为名言。

自己选择的新乡

法拉盛虽然只是皇后区的一个小区,名气却不小,在纽约提起无人不知。

人生的际遇常常是因外在环境的变化而形成的,譬如我原住在曼哈顿的一栋不错的大楼里,宽敞的三房两厅,离市贸中心和唐人街都不远。进出方便,从未有过迁居的打算。我之所以突然搬到皇后区的法拉盛做个新居民,主要原因是经历"9·11"事件,目睹双子星大厦倒塌,刺激太深,心绪悲哀,痛苦之余未经深思做出了决定。

没想到的是,无意之间住进来,竟越来越发现这个小区的好处,而且也越来越了解她,喜欢她,现在仿佛已把她当成了愿意栖身的新乡。

法拉盛是个移民世界。族群包括韩裔、印度裔、巴基斯坦裔,等等。相比之下以华裔的比例为最大。这个小区无疑是亚裔移民的最爱,但最早是印第安人聚居于此。十七世纪时荷属西印度公司旗下的荷兰人首先迁入,接着最喜移民的英国人也来了。当时美国的殖民地总督史岱文森对此不满,发出禁令,引起许多正义人士和贵格派信徒的反弹,使得法拉盛在美国移民史上占重要地位。到1960年代中期以后,亚裔才逐渐迁入,在法拉盛附近工作、定居,让法拉盛沾上亚洲气氛。时至今日,走在市中心的缅街上,举目皆是黑发黄肤的亚洲人,正港的美国白人在这儿是少数民族。

法拉盛常被称作"纽约市第二个华埠",或"纽约小台北",把她比喻为西岸加州的"小台北"蒙特利公园市。这样的美称当然与法拉盛的华裔人口特多相关。

这些华裔新移民为了追求更好的明天,并不畏惧吃苦。事实上他们带来资金、才能和不畏艰辛的精神,对小区,甚至对美国经济的振兴发展都有贡献,使法拉盛这个看起来不太像美国的小区,充满着向前冲刺的活力和美丽憧憬。他们正在主宰着侨社结构的改变。

我离台已五十余年,对美国漫长的华人移民史来说,只能算个新移民。初到法拉盛时总被问起:在瑞士那么清洁美丽的国度住过几十年,到法拉盛这个又脏又乱的地方住得惯吗？我的回答是"很习惯,这儿是我自己选择的新乡"。听的人常常好奇地瞪大了眼,显然不知我看中了法拉盛的哪一点。

常听到的一句话是,法拉盛不像纽约。的确,在电影和相片上的纽约,是像第五大道或公园大道那样,路面宽广、名店栉比,一栋栋的高楼直入云霄。号称世界第一大都会,似乎不该像法拉盛这样。

人的一生总在寻找。有人要物质,有人要精神,有人两者都要,或两者都不要,只想找回原始的自己。我想我是属于最后的一种。回想过往,仿佛一直都在努力配合外在环境,总在为别人活,真正的自己早就不知去向了。其实人很需要为自己活一活。

我移民来此的初衷,经过的心路历程和一般的新移民并不一样。但有一点是绝对相同的:要寻找一方净土,给自己选择一个栖身的新乡。

欧洲有王室、贵族和丰富的历史与文化,讲究生活质量和情调。在那个环境里,我曾很投入地过日子,过比"小资"要讲究些的生活。

曾有二十余年的时间,我全心全意地为丈夫孩子而活,烹饪、理家、采买、剪果树,堪称十项全能主妇。写文章总在夜深人静以后,那仿佛是正常生活外没用的闲事。那时应酬多,交往的朋友多是有头有脸的西方人,他们真诚待我,我也赤心对他们,情调很是欧化。我曾欢喜华美服饰,讲究仪表,下午外出穿套装,参加晚宴必着小礼服,鞋子和手提包要配套,注意优雅姿态。我便那样过着"在家擦地板,外出是贵妇"的日子。众人的羡慕和赞美颇让我感到瞬间荣华,其实骨子里永远有种难以排遣的寂寞情绪。

人怕寂寞,亦怕孤独。总得找出他的根源出在哪儿。我终于找出了:出在严重的自我失落和文化上的乡愁。一个人格独立,背负着那么重文化包袱的人,没办法过一辈子骗自己的生活。于是我决心寻找另一个立足地,最后找到纽约,找到法拉盛,为自己选择了一个新的故乡。

在这儿我好像很自由,爱怎么活就怎么活。我穿球鞋、牛仔布的衣裤,布包斜挂肩膀,太阳太大时还戴一顶遮阳帽,像许多法拉盛的居民那样,匆匆地走在街上。因生平着重风度和姿态,譬如走路时不可低着脑袋,眼光要平视前方。但现在一出大门就低头,两眼盯着地面,法拉盛的人行道并不平坦如镜面,一脚踩到坑里可不是玩的。我的亲戚,就因没注意到面碗大小的一个坑,扭了脚脖子竟至骨裂,上了六个星期的石膏。

法拉盛缅街上的图书馆是我的最爱,藏书虽不能算最全,但常常可以找到想看的一本。借回家来,懒懒地靠在沙发里,任着自己七零八碎地去肢解书中人物的灵魂,领会书里所要表现的意图和所具有的现实意义,优游其中乐趣无穷。书中的"黄金屋"和"颜如玉"我早已毫无兴趣。阅读过程中的快乐才是最美好的享受。

我仿佛是个旁观者,静静地观望着他们的生活,发现这些寻梦者都在找,找属于自己的希望。这些华裔新移民,有的到美已多年,有的只来了几个月,但他们的存在,是与美国一百几十年的华侨移民史血脉相连的。有一代代的忍辱负重,才有我们今天的康乐生存。其实这漫长的一个多世纪的华人奋斗过程,就是一部史诗般的小说,可写的题材取之不尽用之不竭。我曾有意以纽约华裔为背景,写部长篇创作,至今未打消这个念头。

也许因往昔太劳累,现在便特别喜好悠闲,凡是费心费力的事都不想做。不买股票,不想发财,听古典音乐,看书,上网,偶尔写写,采买洒扫地伺候自己。两个妹妹住在附近,动辄仨姐妹一起吃吃聊聊。儿女工作都忙,但也都没忘记这个越来越老的妈妈。可我不靠他们,生活绝对独立。我有一群友人,看来君子之交淡如水,其实皆是可信赖的良朋。总之我就在法拉盛过着与世无争的淡泊日子。

我不否认法拉盛有不足之处,可对像我这样的一个人来说,便觉得她的优点远远地超过了那些脏乱嘈杂之类的缺点。我最大的感受是,在法拉盛这个不大不小的小区里,可以享受西方式的便利,也能享受到西方的物质文明,难得的是仍可保有相当部分的中华文化。像我这样顽固的人,完全脱离中华文化就像鱼缺了水,活得好辛苦。如今小区内文化生活丰富,对一个用中文从事创作的人而言,失落感可以降到最低。

孔夫子说:"六十而耳顺,七十而从心所欲,不逾矩。"我想他说的"顺"和"矩",不是叫六七十岁的老人要守规范,禁锢本性。相反地,他是要经过漫长红尘路,看遍人间悲欢离合,走入黄昏日暮,具有足够反思能力、深沉智慧的夕阳人物们,能拿捏合度,解放心灵,找回自我,拒绝忧伤,不生闲气,活得自在。

我正在自己选择的新乡里,试着朝这个方向迈进。

谈情说爱

爱情无疆界

我说过这样的一句话:"有人见过两三面便知是可以交心的知己,有的认识三十年却也还只是个相识者。"被朋友们谬赞为名言,因他们几乎都有同样经验。我与元莲相识就属于"三面交心"的一类。

初次见面是在1993年,欧洲华文作家协会在瑞士开第二届年会。当初筹组欧华作协时,北欧诸国给我的回答是:"此地没有华文作家。"后来得知丹麦居然有一位,于是立刻设法电话联系,诚恳地邀请来出席会议。穿着入时、态度优雅的她真就坐着飞机按时来了。

"我就是丹麦的池元莲。"她笑眯眯地自我介绍。入会申请书上的数据我记得很清楚:祖籍广东,生于香港,台大外文系毕业,留学德国慕尼黑研读德国语文。再赴美国加州伯克利大学进修,获英美文学硕士。1970年代开始写作,出版过英文长短篇小说。

"欢迎你成为欧华大家庭的一员。可是你怎么会住丹麦呢?"我忍不住好奇地问。"住丹麦,因为丈夫是丹麦人。以前我只用英文写作,现在我要回归中华文化,以后只用华文写作。"她态度坦然,言词直爽,立刻拉近了两人的距离。

1994年,中国社会科学院文学研究所与华中师范大学,在武汉联合举办"赵淑侠作品国际研讨会"。因路途太远,文友们又大半是上班族,根本走不开,我便没敢透露这件事。但池元莲听说了,向我证实后决心放下工作去出席。旅行的三个多星期,朝夕相处,两人无话不谈。越谈越投缘,很快地成了好朋友。

"这么多年一个华人朋友都没有,不觉得寂寞吗?"在我的印象里,丹麦地处冷僻的北欧,根本没啥华人。

"不觉得呢!我和我的丹麦人,是夫妻也是朋友,永远有说不完的话。我们拥有彼此,够了。"元莲给我的答复很让我震撼,夫妻之间可以和谐融洽、了解相爱到这个程度!

"你最欣赏你那丹麦人的是什么呢?"我玩笑地问。

"我的丹麦人叫奥维。他温文善良,富有幽默感,笑声总叫人开心!他的绅士本质是我最欣赏的。"元莲性格开朗,给我讲他们的罗曼史:故事是从海上开始的。那年夏天,她结束了在慕尼黑的学业,乘火车到意大利热那亚,在那儿搭邮轮回香港。上船没多久就认识了奥维。他刚在哥本哈根大学的企管系完成学业,要趁暑期到印度的姐姐家去度假:他姐夫在印度南部经营咖啡种植园。邮轮的名字叫:Asia(亚洲)。两人都年轻,很自然地谈起恋爱来。邮轮的全程只一个月。海上的爱情很脆弱,常常是船靠岸时便终止。奥维与她上岸后也是各奔前程,但他们彼此并没忘记。

香港探亲后元莲到美国伯克利大学修学位。奥维继续在哥本哈根大学读企管硕士。远隔重洋却保持书信往还,每年相约聚面一次。经过五年牛郎织女式的恋爱,"我确定奥维是最适合做我丈夫的男人"。于是在那个寒冬季节,她从温暖的加州,飞到冰天雪地的丹麦。在冰海边的古堡里面与奥维结成夫妻。"婚后这许多年,他能够完全接纳我,只有赞赏、体贴,从无批评或责备。无论我做什么,都全力支持,为我的成功而骄傲,为我的失败而心痛。

无论发生什么事情,他永远在旁照应扶助。可以说他对我的爱是无条件的。"元莲说这番话的时候,语气中掩不住骄傲和深情。

"异国婚姻,你家人不反对吗?"我忍不住问。在1960年代,"女儿要嫁给外国人"仍是一桩令父母心碎、国人侧目的怪事。"我父母才不管,我有婚姻的自由。我们家可说是早期开明的中国家庭。"经元莲解释我才明白:清朝末年,她的祖父就离开乡下,到广州美国人办的教会学校读书,是中国最早一代的西医。他提倡女权,反对缠足和娶妾。那个时代良家妇女是不肯抛头露面的,她的祖母却带着一群"师奶"进茶楼。伙计们也拦阻不住。这件事是当年广州街头巷尾的丑闻。她祖父非但不阻止,反而公开支持。

"我父亲就在这样的家庭气氛下长大。他从一开始就受的是西洋教育。七岁那年进入德国人办的寄宿学校。十四岁便独自离家到天津,就读于德国人办的德华中学。大学进入教授大多用德语讲课的同济大学医科。后来又乘火车在西伯利亚大平原上走了整整一个月,到奥地利的维也纳去留学,拿到医学博士证书。父亲从来不强迫我做任何事,任我自然发展、学习,希望我成为一个有学识的女人,过丰富安乐的一生。至于怎样走人生的路子,凭我自己的选择。"

元莲的话令我十分羡慕,因我的成长期最缺的就是自由。看元莲认真又幸福的神态,我倒真希望能有幸见到奥维。就在第二年的初夏,元莲来电话说:奥维和她已定妥度假计划,将驾车南游,到意大利北部的湖泊区及法国的地中海沿岸。想特地经过瑞士,到苏黎世来看我。"他听我把你形容得天仙一样,很好奇,也想见你。"她笑嘻嘻地说着。我答:"非常欢迎!只希望他别失望。"

我家始终住在一个叫温特图尔的工业城,因孩子们在苏黎世读书,便在那儿置办了一套公寓房间。

元莲夫妇准时来到。我终于见到元莲口中的完美丈夫奥维。他中等身材,穿整套的西装,打领带,皮鞋锃亮,近视眼镜后的眼光诚恳。我们礼貌地握手,互道"闻名已久"。他气质高雅,态度大方,一派温文尔雅的绅士风范。先在客厅里喝茶聊天,再到中国饭馆吃晚饭。奥维吃辣的本领令我大惊。我认识的西方友人不少,论吃辣他属第一。

2000年我已移居美国,做"空中飞人",欧美两边跑,那年春末回瑞士参加儿子的婚礼,又撞上元莲和奥维驾车南下度假,就抢时间再见上一面。由住在苏黎世的推理小说家余心乐带路乘电车,我在离住处不远的电车站迎接,到附近的典型瑞士餐馆吃当地口味。

四个人吃吃谈谈,我领略到奥维幽默的一面。他不时地说句笑话,把气氛弄得非常轻松。大概因已是第二次见我,平日"Susie"又是他们家常提起的名字,他对我一点也无陌生感,自然得就像对待老朋友一样。奥维和元莲会不时地开句玩笑,然后两人都忍不住笑起来。看得出,这对夫妻虽已生活在一起三十来年,但岁月并未磨蚀掉爱情的新鲜感,倒像给罩上一张特殊的保鲜膜,留住了年轻时的恋爱趣味。我忍不住用中文逗了元莲一句:"老夫老妻的,还打情骂俏哪!"元莲道:"我们常这样逗来逗去的。两人很合得来,看到电视节目报道小动物受虐待,两人一同流眼泪。"她是用德语说的,四个人听了都哈哈大笑。

餐后他们三人都意识到,此后我将常住纽约,要见面更难了,便坚持要送我回家。走上那条宽宽的山坡路直到大门前,才互道珍重握别。那以后没再见过奥维,但元莲电话告诉我,奥维常问起:"Susie 在美国生活得开心吗?"

我感到奥维不仅是他妻子的好丈夫,也是个能对妻子的朋友真挚相待的君子。

从住了三十余年的欧洲,忽然来到美国,寄身在号称"纽约市第二个华埠"的法拉盛,我的生活做了一百八十度的大转弯。说句实话:法拉盛不像纽约,倒像某个中国的小城。近年来自祖国的新移民每天都在增加,不辞万里漂洋过海而来。

我在国外多年,早过了梦的阶段。而是觉得在西方这个不大不小的小区里,竟难得地仍可找到相当部分的中华文化。对一个用中文从事创作的人而言,失落感可以降到最低点。当然,我也有想念欧洲的时候,特别是那些与我一同创建欧华作协的伙伴们,和阿尔卑斯山的绝美风光。每收到他们的 E-Mail:谁又出了新书,谁又得了某种文学奖等,都让我感到快乐。

那天收到久无音讯的元莲的信,却像一块大石突然压在心上,忽地沉重起来。信上说:奥维病了。他得了"全世界的医生都不知道从哪里来的病。也不知道怎样治疗!只知他将一天天衰弱,肌肉硬化,萎缩,将消损到成为一个不能照顾自己的残障者"。她忧虑他可受得了内心里的沮丧和忧惧！但巨大的绝望和焦灼已压得她难以承受。信的最后说：她正在准备搬家。他们必得搬到一个适合残障病患，譬如可以安装上下楼梯的电座椅的住所，等等。还说：医院曾派护士来照料，但她婉拒了，因"这最后的日子太宝贵，我要跟他独处"。

事实摆得很明白：奥维得了不治之症，他正一天天地走近死亡。想起他那幽默的言语、欣愉的笑容和诚恳的态度，特别是他们夫妻间的深情和美满生活，我心上的巨石更沉重了，忽然感到我这个做朋友的什么也不能为他们做，只能写一封安慰加鼓励的信。我劝元莲要勇敢面对困境。

元莲和奥维没有儿女，多年来过着彼此相属、是夫妻也是朋友、永远有说不完的话、充满关爱的两人世界的生活。如今其中的一个骤然间要离去，叫留下的一个情何以堪！无疑每一分钟的相聚对他们都是重要的。

自那以后元莲有好长一段时间没有音讯，我心里倒常常念起她，"奥维的病怎样了？""会有奇迹出现吗？""元莲的日子过得很艰难吧！"之类的问题总在思绪中萦回。

记得有次几个女文友聊天，有人玩笑地问元莲："北欧诸国最重自由、性解放什么的。离婚率世界第一。可你的婚姻怎会这样幸福,始终如一呢?""我会选。"元莲毫不讳言地回答。她说当时在几位追求者中,有的比奥维富有,有的比奥维多才,但她情有独钟于奥维的高尚人格,和四平八稳、耐心又大度的性情。认定"这样的男人最适合做终身伴侣"。

元莲终于来信了。奥维已经去世,那天晚上她独自离开医院乘火车回家,感到从未有过的孤独:"那是我人生中最黑暗的夜晚。"她也说:如今奥维已在大海里,但她将来去世后骨灰只埋入无名墓,不放入大海。因与奥维的夫妻缘已经是一个完结的大圆圈。他俩都不相信人有来生或死后的结合。珍惜已有过的幸福和美丽的回忆,是她目前的追求目标。她发誓要写一部纪念他们爱情的书。元莲是一个智能型的女子,她的人生态度让我很放心。她要写的书真的写成了。

根据联合国委托进行的一份最近的全球幸福报告,全球最幸福国家以丹麦为榜首。可惜在最幸福的国家内,也逃不开红尘俗世的生老病死。世界不会因人类的忧伤而更温柔,是永不变化的铁律。

这是一桩异国婚姻的故事。在今天的世界上,同国同种的夫妻要有经得起考验的爱情都难,何况文化背景相距甚远的异国夫妻!奥维和元莲,天南地北地相遇在海上的一对青春男女,相爱相守四十余年。他们证实了真正的爱情可以不分种族、国籍,是没有疆界的。无论怎么说,他们都是幸福的!

破茧而出

佛家说"众生念念,不离男女"。换句话说,即人间的大多烦恼,都离不开两性情爱的范畴。

诚然,"窈窕淑女,君子好逑"。异性相吸本是人类延续生命的基础,红男绿女到了相当年龄,无论在心理或生理上,皆会很自然地对异性产生兴趣。但是否都像童话电影结尾的那句话:从此公主与王子过着快乐的生活?情形显然不那么简单。

君子若"逑"不到淑女,或淑女"逑"不到心仪的君子,固然令人颓丧悲哀,就算都得到了所中意的爱慕对象,后果是凶是吉,结局如何,仍是一个大大的未知数。原因在于人是变化的动物,周遭环境亦非如泰山般永固不移,世间的富贵穷通,恩怨仇雠,究其根源,鲜有不在人事和景物的变化移转间产生,而其中最易变多变的,乃属男女之情。

一对热恋的情人分手,左右的旁观者都要问一声,为什么?而这个答案往往是连当事人自己也答不出的。当初基于何种原因情生?如今基于何种原因情灭?是无法像买一双鞋子或一件衣服那样,能清楚地挑出这儿肥那儿瘦,说出具体应取应舍的理由来的。能说出理由的,必不是纯粹的情,一定掺了些不属于情的其他成分。

因此一段美丽恋情的诞生,并不意味着必定天长地久,凡能生者皆能灭,是宇宙间的恒久现象。唯由情生到情灭,经过的往往是崎岖难越的荆棘道,特别是爱情破灭后的苍凉局面,常令平日表现得意志坚强的人亦无力面对。

如果我们一定要找出一个最能控制人的意志的字眼,我想那应是个"情"字。两情相悦时天地充满祥和,花娇草艳,情人的笑靥温柔和煦,赛过阳光与春风,连轰隆隆的雷雨声也会化为悦耳的仙乐。情能改变一个人的人生观,能开启人的灵思和眼眸,对人性产生新的信心和评价。正因情的威力如此巨大,若一旦骤然消失,世界便整个改观,洪水猛兽亦不足以形容其阴冷恐怖,留下的是难以抵御的灾荒。

一对真心相爱过的恋人走上分手的路,原因不外是情变、情移,或客观现实的干扰,等等。不论在哪种情况下分手,至少有一方会受到伤害;其实也不乏两败俱伤。昔日信誓旦旦的情人,忽然变成老死不相往来的路人,特别是在单方面情变,另一方仍此情不渝的情形下分手的情侣,未变的一方,受到的冲击和伤害,往往严重到使他(或她)从此一蹶不振,终身抑郁,对人生失去信任和积极性。

颓唐愁苦、忧容难掩的失恋者,常在我们周遭出现。爱人背叛了,世界不再地老天荒,一颗孤凉的心往哪儿依靠?人在此时此境最易陷于"情困",将自己囚禁在悲凄的回忆里。绵绵未尽之情与愤恨不甘,纠缠成为乱麻一团,思绪不分昼夜地绕着这个题目转,眼前一片昏黑,俨然面临世界末日,看不出一点光明和希望。感情脆弱心胸闭狭者,甚至会走上绝路,令关怀他的亲人和朋友又痛又急,纷纷晓以"大义",分析利害,劝其忘记这段痛苦的感情,重新找回生活乐趣。

当然"情困"的发生并不全是因为失恋,很可能是其他说不清道不明的缘由。而那些来自四面八方的、自认旁观者清的肺腑之言,更不见得能起到什么作用:很可能这些话是当事者早就知道,且对自己说过千百次的。

情的不可征服的顽固性在此显现无遗。一个陷于情困的人,就像一只失去原形的蚕,用自身吐出的丝,做成密不透气的茧,将自身牢牢囚住。囚在茧中的蛹,若无力咬破茧壁爬出,唯一的下场是窒息而死。陷于情困的人,若无足够的智慧和力量解困,便只好在伤痛折磨中任由消损。

为什么情的威力如此巨大?为什么情能成为掌握人生命的主宰?尤其是对于女性:古今中外,不知多少女性在情上表现出她们的坚贞,但更多的例子是因情牺牲,或因情而沉沦,直到今日,女人是情的动物、爱情是女人生活的全部之说仍甚嚣尘上。放眼望去,为情憔悴、抑郁,甚至束手待毙、被情所毁的例子数不胜数。女人比男人对情更痴、更信赖,是不容否认的。所谓痴心女子,遍观古今中外,比比皆是。

时下很流行一种说法,即人在感情上要有能力自足。也就是说,要爱自己,供给自身所需要的爱,就算没有异性的爱也不缺失什么,譬如用阅读、运动、旅行,或其他各种兴趣来填满生活,有没有男女之情无所谓云云。

初听起来这种说法言之有理,但稍一分析,便知是毫不相干的两回事。生活与爱情之间不能画等号。爱阅读、爱旅游观光欣赏名山秀水,或爱听音乐、唱歌、打球、看电影……以及别的什么有趣的喜好,都是人对事、对物的爱,是以动对静,亦无激越与执着。与人对人的爱是截然迥异的两种性质。

男女之情的构成,主要的因素在于互动。一见倾心如果仅是某一方面的情动,便只能称为单恋。完整的恋爱必定是双方互相吸引而情动,产生出一种和谐、隽美、至死不渝、绵绵不绝的感觉。两情相悦的境界即是如此。但不管原来怎样的深情款款,一旦对方撤出,这种互动就不再存在。失去互动对手的情,无论执着到何种程度,也变成了个人单方面的意念。

意念是无形且抽象的,何况已不可能再获得所钟情的对手响应,因此,那意念越是坚强顽固,就越造成本身的自苦自毁,无异用虚幻缥缈、与现实远离的意念的丝缕,筑成一个密不透风、漆黑一片的茧,将心灵囚锢其中。为失恋单恋伤痛,形销影瘦而不能自拔的人,是茧中物。

"天涯何处无芳草",是情场失意者常常咬牙切齿的自勉,也是周围的亲朋好友关心劝慰时常说的一句话。但我不太喜欢把这个美丽的句子用在情上,理由是觉得功利主义了一些,好像是说:"你不理我了,看我能不能找到更好的,难道以为非你不可吗?"

事实上,如贾宝玉"任凭弱水三千,我只取一瓢饮"最是情的真髓。情的本质往往就是"非你不可",它不同于交异性朋友或找对象,也不等于夫妻关系。情的微妙绝美之处,就因是属于灵性、纯净、浪漫,与现实条件门第家世等都搭不上边的、极度理想化的一种感情。情到浓处的境界是:"问世间,情是何物?直教生死相许。"

生命是可贵的,生死是大事,这个等级的情,幸运的人一生中也许会发生一次,也可能终其一生都不曾发生过。纵观世间大多数的苍生,不过是在茫茫人海里,寻找各类条件吻合,能够相伴走过人生长路的"芳草",仔细分析,是十分理性并实际的,不见得是纯粹的情。

情是可遇而不可求,亦无多少因果可寻,一种绝对发自精神深处的呼应,与得失利害全无关联的交融,是两颗怀着原始洁净、未经世俗污染的心灵,用纯情铸造的超现实世界。这样的境界无疑是极美的。电光石火,哪怕只是短短的接触,已足以照亮整个人生。

然则世事原本无常,人是活动的生命,凡是活动的东西都可能发生变化,所谓花无常好月无常圆,越是精致美丽的东西越是易碎。爱情是人间最精致美丽的,其易变易碎可想而知。当我们享受爱情的快乐时,便应看到那背面隐藏着的阴影,而要有随时接受痛苦的坦然心理。

曾听人比喻"情场如战场",言下之意乃擒拿收放之间,需使些心计和手段,以期获胜。依我之见,情场绝不同于战场,战场上充满了残杀和斗争,双方对立。情乃是天地间最温柔的情绪,双方是和谐融洽,怀有奉献的热忱的,与战场绝对拉不上关系。如果情场真需要战场的伎俩的话,那个情里究竟还存有多少真情?也就很值得怀疑了。而且,多情、有真情的一方,必是受伤的失败者。

世人亦喜用"丝"来形容男女之情,"一缕情丝""慧剑斩情丝""两情藕断丝连",都在说明情的难清难断,靡靡绵绵不绝如缕。

情确是其韧如丝,而且那丝来自你本身,如果你用那长长的丝,做成一个牢牢固固的茧,躲在里面不出来,无论怎样伤怎样痛,别人也无法解救。"情困"是禁锢心灵的茧,不从茧里出来便永无机会享受自由的舒畅。

情可柔软如水,也可炽热如火,水会流荡,火会熄灭,世界亦并不局限于茧里那一小块方圆。陷身情困的人,用智慧的力量,咬破坚硬的障壁,破茧而出,在广阔的人生道上重塑生命,才是自我解脱之道。

谈情说爱

现代人里,要找个从没谈过恋爱的人恐怕很难。但爱情是什么,能说得清楚的人并不多。因我曾写过不少分析爱情和婚姻关系的文章,颇引起些回响。报馆编辑给转来多次读者来书,跟我讨论他们的感情问题,其中以女性为多。

但这时我反倒说不出个所以然了。怎么说呢?其实爱情是非常抽象的东西,是一种感觉、一种体悟、一种身心超越现实的纯美的天然反应。这种感觉、体悟和反应,精致敏锐,牵动着整个心灵和悲喜情绪,而且力量巨大,大到往往不是理智可以控制,或根本就无理可讲的。那种境界是完全属于私人,任何第三者都难以置评的。

萧伯纳说:"恋爱便是对异性美所产生出来的一种心

灵上的燃烧的感情。"

柏拉图说："当爱神拍你肩膀时,就连平日不知诗歌为何物的人,也会在突然之间变成一位诗人。"

屠格涅夫则说："人只有在恋爱里才能显示个性的闪耀,才能发挥独创性。"

巴尔扎克说："爱情不只是一种感情,同样也是一种艺术。"

几位大师的言论都有道理,但也不见得正适合某个人的情况。

人在爱情中绝对主观,不管那个人在别人客观分析下价值如何,对于你,他或她都是唯一能够激起你心灵震颤,使你整个人由里到外被柔情浸润,如饮醇酒,如啜甘泉,沉醉得难以自拔,任讲多少大道理和利害关系,也无法助你抽出脚来的。

爱情是有条件的,即必须具有深入心灵的激动和爱意,否则便不是纯粹的爱情,但也是无条件的。能说得出条件的,如这人月入薪金多少,房屋几幢,升迁机会如何,看来前途不错,可视为恋爱对象,等等,就不是真正的爱情,只是估量现实价值选择对象。

两个真正相爱的人,心灵的感应是互动的,冥冥中仿佛有默契,你想念他,他也正想念你,你为相思忧伤,他也正为怀念痛苦,所谓心有灵犀一点通,是爱情中人最神奇的默契。

爱情无疑是人类感情中最令人着迷的。爱情中的人像盛开的鲜花,亦像展开翠屏的孔雀,美善而绚烂。情人多情时都如情种情圣,出语如诗,笑容如好季温煦的阳光,信誓旦旦,说的是天长地久,为所爱的人赴汤蹈火在所不辞,等等。然而,世上永远不变的情有多少?难道人在恋爱时说的都是谎言吗?非也,还是那句话,爱情中的主要成分是感觉,充满梦幻飘忽色彩,美得太过。凡是过分美好的东西,都有些脆弱不实,譬如清晨蕊瓣上的露珠,亮得晶莹,美得不沾人间烟火,但一阵强风吹来,便立刻消失于无形。最衷心的海誓山盟,面对顽固的现实,亦难保不生变化。

当你真爱一个人时,他或她对你就是绝对的。你不会把他与别人去比较,觉得谁也不足以与之相提并论。法国文豪大仲马说:"恋爱中的男人,他会相信在他所爱的女子身上,有着他所企盼的一切美德。"反过来,女人也完全一样。真爱一个人时,他就是世间最好的。这里面存在着对人性的理想化,和一种不觉察的潜意识的敬重。这正是当你轻视一个人时,便不会对他产生爱情的原因。

所爱的人固然无可代替,爱情所引起的感觉也没有任何其他感觉可代替。对于相爱的人来说,对方像风像雨像空气,是无所不在的。两人相对时如拥有整个宇宙,全部心灵被幸福填满。就是不在一起,他也在你生命之中。看到花,读到好书,你会想:如果他也看到读到该多么好!走过山崖水畔,或是观赏一部好电影,你也会带点遗憾地想:如果两人周游共赏该是何等赏心悦意之事!

爱情促人相思,孤独时你会怀念,在人群之中反怀念得更切,你会无法遏止地渴望!假如那其中有个他或她岂不太好!听一首美丽的小夜曲,或举头望见明月高悬,与情人共度的美好时刻,立即悠然来到眼前,凄怆瑰丽,如诗如画,那颗怀念的心被甜蜜填满之余,也感到些许无以名状的忧伤。

也许旁观者认为你爱的人应该是约翰,不该是马可,因约翰在各方面都较适合你,对你的感情也较深。甚至连你自己都这样想,你对自己说:我何必苦苦地恋着马可呢?

这个感情给我带来多少痛苦！约翰对我也甚有情,他的某些条件比马可还好呢！我该将对马可的爱转到约翰身上。但当你真那样去做时,你才知道那是荒谬、艰难到何种程度的事。

男女之间一时迷恋的情况常常发生,有时连迷恋也不是,只因为内心空虚,耐不住寂寞,渴望有人陪伴,便那么将就着环境和机缘接近了,或许在交往中可得到些温暖和体恤,唯独引不起多少爱的激动,内心深处仍会有种怅怅然的缺失感。曾有读者问我:真正爱情的感觉应该是什么样子？在何种情况下才能肯定自己已确实在爱与被爱,而非陷在自造的幻觉之中？

圆满的爱情包括精神与肉体,即灵肉合一。只有灵或只有肉的男女交往都不是完整的爱情,虽然爱情中的肉体关系必有灵的基础,但全无肉的柏拉图式爱情肯定夭折,正如欠缺灵的交会的肉体关系,必然很快导致厌倦一样。

爱情中的牺牲精神,是高尚人格的展现和对爱的虔诚的高贵奉献,与自贬自虐自我作践截然迥异。在爱情的领域里,两个人是平等的,付出感情的理由只有一个,就是真正有爱。因为怜悯、同情或别的什么原因的异性交往,是另一种行为表现,与爱情无关。

爱情之中最能显现人格的优美或粗俗。爱情里也最需要牺牲的精神。恋爱中的人是最勇敢的。当他所爱的人遭遇困扰和不幸时,他会挺身而出,即使自身的力量有限,也不会退缩躲避或袖手旁观,让所爱的人独自承受苦难。真爱的特征之一是你最孤独和痛苦时,也就是他或她站得离你最近、信誓之词说得最真诚、行动最体贴的时候。他或她是诚恳又知心的,绝不虚伪而耍些狡猾的小手段。你对他有全心的情意和信赖,知道自己正在爱与被爱,即使整个世界抛弃了你,也不会孤独或忧伤,因为有人与你共一命运,不会因为得意失意而有所远近。假如你的情人不能给你这种安全感,能给你的只是锦上添花,那显示这爱情不够圆满。

要爱生命

前些日时华文报上,最引人震动的消息,莫过于台北一女中的两个女学生自杀的事。这两个女孩子有良好家庭出身,课业杰出,身体和生活都发展正常,唯一不同于其他十七八岁的少年人处,是喜好哲学,爱看尼采、柏拉图的著作,和《少年维特之烦恼》及《浮世绘》等书籍,两人互为知己,常常在一起讨论人生问题,而一谈就是几个小时,别的同学难以插嘴。

从这些报道上看来,我断定这是两个秉性极为优秀,有思想有灵悟,沉浸于追求人生真理,而又因年纪与知识的不够成熟,走到偏差路上的"哲学少年"。她们留下的遗书上说:"社会生存的本质不适合我们。当人是很辛苦的,每日在生活上都觉得不容易,而陷入无法自拔的自暴自弃。"

显然地,她们深爱尼采的超人哲学,及受到柏拉图精神至上学说的影响,觉得所置身的环境太庸俗,太缺乏高远的灵性境界,心理上产生一种高处不胜寒的体会,与一般人失去共同趣味,无思想上的交会之点,而衍生出难以克服的孤绝感后,对人生感到深重的失望,遂选择了放弃生命的一条路。

这样的选择当然是既荒唐又不成熟的,但亦是可悲可悯,需要我们这个社会和周遭的成人去认真深思的。

尼采说悲观主义是生命力过剩之下的产物;又说乐观主义的人是肤浅的,但经由悲观主义而产生的乐观主义,则是体验过人生忧患重新肯定的人生。一个有深度的人,当他最初接触人生世界时,一定会发现这是一个痛苦的世界,不免心怀悲观的想法。如果他因此沉沦在悲观主义里,就将灰色颓废。若能跳出来的话,他就会重新评估人生,充满欢愉希望。这时的乐观主义便不再肤浅,而是富于创造力的乐观主义。

很多人说到尼采,都以为他是一个悲观主义哲学家,由上面这段论述,显示出他不是的,实际上他是一个由悲观主义灰暗的瓶颈中钻出来,赋予人间世界新意义的智者。

尼采本身是天才的典型,他为牧师之子,五岁时父死,自幼好学尤好深思。少年时代便崇拜古希腊文学艺术之美丽。二十岁时入波昂大学,修神学及古典文献学,二十一岁时初读悲观主义哲学大师叔本华的作品。这个阶段的尼采对生命的苦痛已有深切体悟,是个百分之百的哲学少年。记载形容他憔悴枯槁、寂困孤忧,惶惶不可终日,仿佛与死亡只一线之隔。然而真正的天才必具穷究真理的毅力,年轻的尼采深思寻求改造社会和改善人类未来的生存之路。二十六岁的年纪,便撰写他的第一部哲学论著《悲剧的诞生》(1872年出版),从此走上哲学大师的生涯,著作不断,震荡着百年以来的思想世界,超越时空,连遥远的中国也受其影响。

文豪歌德少年时曾对人生感到绝望,诺贝尔文学奖得主赫塞坦承少年时心中有不可抵御的风暴,令他产生厌世之念。当我们翻阅许多资质超群的人物的历史时,便会发现具有受折磨苦闷的苍白少年期者,占了很大一部分。

少年期是浪漫的,也是由孩子变为成人,必得经过的一个阶段,不仅仅生理在发育,心灵和智慧也在发育。身体急遽起了变化,精力过剩,精神上的需求便相对地也剧增,开始懂得探求人生的奥秘和对生命存在的质疑,如果没有可信赖的人能针对这些需求,给他们合适的指引和解答,便会造成心理上产生一个填不满的空间——空虚。许多少年觉得自己不被了解,即起源于此。往往是资质越高的少年越觉得不被了解。

事实上人生离不开哲学,生命存在现象的本身就是哲学。穷究人生本源,剖析生命存在的哲学理论,应是自然而顺乎人性的事。可惜的是我们的社会和教育传统还无此认识。施于少年人的教育,无论家庭还是学校,都是只着重将来如何求生致学的实际课题:营养要够、身体要健康、努力读书、对人诚恳有礼、尊敬长辈,等等,可说全是偏向于物质效用的。对于那些渴求精神抚慰和指引的荏弱心灵,竟是谁也注意不到。自然更弄不清楚,对于一个正在成长中的,特别是倾向于寻求较高超的生存意义,不能满足于肤浅的、一般表面层次生活方式的大孩子们,会造成多大的杀伤力。

思想和感情找不到通道宣泄会造成苦闷,积压太多苦闷的后果是消沉。人生苍白,失去生活兴趣,悲观情绪恶性膨胀,最后的结局是爆炸。那两个自愿结束生命的女孩子,便是依着这个模式衍生出来的牺牲品。

哲学竟是如此可怕吗？柏拉图、叔本华、尼采等举世景仰的哲学大师,岂不成了"伯仁因我而亡"的间接刽子手？难怪做父母的,一听到子女看这类哲学书,便担上一份心思,或认为这孩子古怪、不走正道,而加以制止。

其实哲学不但不可怕,而且很深、很美,适合喜好探讨人生真理的青少年阅读——也只有哲学能供给他们心灵所需。问题的关键是,旁边必得有真正具有哲学修养的人,或父母或师长,给予解析、指导、修正。

欧洲许多中学内设有哲学课,供对哲学有兴趣的学生进修,虽考试却不正式记分,讲授者多是校外请来的专家学者,学生们听讲之余亦可发问。我认为这是极好的制度,值得我们效法。喜好哲学与喜好文学、美术、音乐,没多大分别,兴趣天分都始自少年时代,中学阶段应是启蒙期。

回想我念中学时设有"公民"一课。按理说"公民"可解释为哲学课:因为一个"公民"的先决条件必须是一个

"人",人的内容不应只是有形地过生活,也应懂得人生的哲学意义。但那时候我们学的"公民"是什么?某位伟人清晨六时起床,散步三十分钟,每顿饭四菜一汤,生活简朴规律……当时我也勉强算个"哲学少年",叔本华和尼采被我奉为神明,崇拜之至,虽说对他们深奥的学说,顶多达到一知半解的程度。那时我是多么渴望有个导师指引,为我解困启智,可是他的水平只能达到"四菜一汤",怎不令人失望苦闷。

时常听到"健康教育""健康生活""健康人生"之类的名词。人应该活得健康绝对是正确的,但"健康"的标准并不是对人生的一切问题视而不见,或见了不去想不去碰,刻意躲避烦恼,或根本就将人生定位于油盐柴米,不管精神方面的事。事实上人生不能逃避生老病死,人间充塞着种种悲苦现象,不是鸵鸟般把头埋在沙子里不看,就能否定其存在的。

真正健康的人生和教育,其实正如尼采所说:人应该认识人生的悲剧性,但要智慧地"跳出来",重新评估人生,建立欣愉希望,不再肤浅。并要发扬人的创造力和乐观主义。让青少年认识人间悲苦,社会百态,不是一件坏事。

相反的,是预先给他们锻炼,以便未来真正地投入人生大河和五花八门的社会大染缸时,不至于慌乱迷失,受不住打击乱了阵脚。效果犹如注射预防针。

人生不过短短几十年,生命是短促的,但也是庄严的。我们都不会否认,上天赐给的这个世界是美丽的。有幸来到如此美丽的世界走一遭,有机会享受亲情、爱情和友情的温暖,欣赏看不尽的青山绿水鸟语花香,最幸运的是我们健康,四肢不残不缺,还有个会思想的头脑,可以学习许多东西、做许多事、助许多人。这一切应是多么有趣、快乐!

诚然,人间世界有不能克服的悲欢与缺点,但任何事物都具两面性,有得便有失,有幸便有不幸,有快乐便有悲伤,有起始便有终止,绝对的不变并不存在。无常、缺陷、庸俗,都是人间世界的本质,旷古至今,还没有人发现真正的理想国度。哲学的功用是助人思考,让人智慧,不是叫人绝望,逼人钻牛角尖的。

记得儿子小学时有天回来说,他同班女同学英格的母亲,吃安眠药自杀死了。我听了惊得半天说不出话来,脑子里立刻浮现了那个中年太太的音容笑貌。记得前几年带着孩子去溜冰场玩,她见我笨手笨脚地溜不好,就主动过来教我,比画了几招,要我如法炮制,可惜我就是不灵,没有体育天分,东施效颦也效不出个所以然来。后来在街上也常遇到,每次她都老远就笑眯眯地跟我打招呼,那样活泼开朗的一个人,为什么会对人生如此厌倦,竟忍得下心,抛下孩子,自了残生呢?

目前世界各地的自杀率似乎有增无减,做母亲的人,丢下幼儿求精神解脱的例子也不算很新鲜,我的一个写文章的女友,就曾丢下两个七八岁的孩子,从四层楼上纵身而下,把自己的性命结束了。

说这些人都是因为活得太痛苦,不胜负荷,无力继续活下去了吗?其实既生而为人,就没办法脱离痛苦。所谓人生不如意事十常八九,能够快乐得像活神仙一样,永远乐陶陶的人到底不多,号称全球生活水平最高、人民享有自由最多的瑞典,竟是自杀率最高的国家之一!岂不令人费解!

爱生命、求生存、厌恶死亡,我想是正常人的通性。人怕死,并不一定是怕"死"的本身,而是因为更爱活着的一切,特别是对自己心爱的人,总有一份难以舍弃的眷恋。能够用自己的手结束自己生命的人,明显地表现出他对人世欠缺热情,对他所爱的人爱得不够深、不够切。我常常想,一个母亲,不管她活得痛苦到什么程度,都会咬着牙活下去,为了她用整个生命爱着的孩子,她可以忍受比死更痛苦的活。因此我很难理解,那些自求解脱的母亲,是在一种什么样冷酷的心态之下,抛弃她的孩子的。

生命是可爱的,尽管它常常不能避免痛苦。这世界也是美丽的,虽然有那么多的缺陷。真正爱人生的人,必能洞彻人生,并能勇敢地面对,也懂得尊重生命。一个生命的存在不是独立现象,而是与许许多多生命相连,负有许许多多责任的。严格地说,自杀是逃避行为,表示对人间的爱不够、责任感也不够,多少有些流于自私。

对于两个轻舍生命的女孩,我们不忍苛责,有的只是感叹与同情,要怪只能怪社会为何如此庸俗,教育的方式为何这样刻板,使得两个狂热追求精神境界的年轻人,投诉无门,孤独绝望之余走上错误的路。

我想我们的社会、家庭、学校都要反省,要试着去了解自己的年轻人。至少能让他们知道:他们并不孤单,世界上每个角落,都有面临精神困境的人,解决的方法是用智慧和定力找出一条路,而不是毁灭。宇宙间一切的存在现象都是有意义的,人乃万物之灵,生命何等庄严尊贵,生而为人是幸运的事,不论面临什么样的痛苦,对生命都应存敬重之心。敬重生命,是探讨人生哲理的基本态度。

不似旧黄昏

一位远方老友在电话里告诉我:多么怀念台湾的黄昏,并问我是否也怀念。

谁会不怀念黄昏呢？特别是台湾的黄昏。它让人忆起沉沉暮霭、微风、晚霞、蛙鸣、婆娑树影和新月初升。这片场景的背后,隐藏着更丰富的东西,那是青春、年少、纯情,发自肺腑的欢笑和眼泪,是人生中最美好的精华岁月,是记忆中永不枯衰的绿野。

今人恋黄昏,古人更早有足够经验,"月上柳梢头,人约黄昏后"已形容尽了黄昏的婉约和缠绵。黄昏,是时序轮回中最能深入人的内心,触动人的感觉的一刻,是属于相思和柔情的。

对我来说,黄昏总带有些悲剧性的凄美和足以震颤心灵的苍凉,因此也便怀念得更深更切。

怀念黄昏,又有些胆怯地怕承认:那样不着边际的空灵,似应属于诗样情怀的年轻人。华发已飞上鬓角,仍不放松地去捕捉这般含有虚幻意味的浪漫,是不成熟,还是刻意的做作?

长期羁旅海外,乡愁已成了生活的一部分,千丝万缕的思绪中,显现得最多也最鲜明的总是黄昏。前些年,当孩子们幼小时,每个暑假必到海滨度假,西班牙和意大利气候温暖阳光充足,是去得最多的地方。住在观光饭店里,凡事不用自己操作,白天在海滩上陪孩子玩沙,晚餐照例是气氛优雅的烛光大宴,接下来的便是散步。

休假地小城的黄昏,典型的异国风情,街道两旁栉比相连着卖纪念品的小店和露天咖啡座,马路中间挤满了熙熙攘攘、来自世界各个角落的度假客,无论男女都穿着花花绿绿的休闲装,皮肤晒得红里透黑,神态一派悠然。其中以德国、北欧和美国的来得最多,东方人是少得几乎没有的,我们一家常常是那群拥挤的西方人中唯一得见的黄皮肤。

有时是我牵着儿子,先生推着小女儿的坐车,凑热闹似的走在人群间,迎着渐深渐浓的暮色,从小城的这一头走向那一端。但先生对于这类散步并不感兴趣,认为浪费时间耽误工作,情愿留在冷气调置得十分适度的房间里写论文。这时我便独个儿携儿带女地去寻找黄昏,那么美,那么暖烘烘,空气里也飘浮着潮湿意味,熟悉又亲切的海洋性气候的夏日黄昏,我怎么会放过?

人群像一条流动不息的长河,我是河里的一粒涓滴,跟着众多的脚步朝同一方向走去。不管那些人看来是如何陌生,也不必问他们来自何方,我都可以确知我们正走在一条路上,这条路离过去是更行更远,距终点乃越趋越近。每个人有各自不同的生命路,大方向却总是变不了。过去的便永远过去,人生没有回头之路是走遍天涯海角也不会变的道理。那些快乐的度假人和我一样,正被滔滔的时光巨浪冲击着往前去,那么身不由己,那么无可奈何。

这当儿来到眼前的几乎总是同一画面:我依稀地看到年轻的自己,怀着一颗单纯洁净得差不多要透明的心,踏着轻快的脚步,经过长巷,走向树影婆娑的一街幽静。漫漫无垠的暮色中,迎接我的是徐徐吹来的暖风,正在树梢后冉冉升起的小月牙,天地间所有的和谐与希望,以及一份仿佛海枯石烂也不会改变,隽永如诗的情。走在那样的黄昏里,如漫步于童话中的梦境,不曾料到有天会惊醒,却真的凛然醒过来了。当同样可爱的黄昏再现时我已远离了旧日的一切,已年华渐老,且在异乡的土地上,在不着边际的思维中。

回忆中的旧黄昏是一片不曾受到污染的浮土,仍保持着原有的清新和美丽。这使我想到永恒,当一桩美好的经验发生后,没有比之更美好的经验超越,那原有的一桩就成了永恒。它像一颗埋在心底的明珠,无论在何时何地,当你取出欣赏时,总觉得晶莹光润,华丽尊贵,唯恐一旦变质破坏了美感。

近年来孩子长大,各有各的生活,全家同去度假的习惯已经终止,那种在异国小城里享受黄昏的情况也不复见。然而爱黄昏的人,总不放弃去亲近它的机会。黄昏来临时,我多半在书房,当夕晖落尽,淡淡的暮色从窗帘下流泻而入,它来得那么准时,从不爽约。为了表示一片痴心和激赏,我也绝不在天幕黑透前开亮电灯,扰乱那份感人的恬淡和温柔。朦胧中凭窗外望,视线触及的只是遥遥一角云天,一脉正在褪色的残霞,却也足以引我身心震荡,久久不能收回目光。

遇天清气朗,而忙碌的儿子偶尔得空在家,便央他开车陪我出去兜兜风,他问要看什么?目的地是哪儿?我却说不出,只叫他朝着能看到星星和月亮的方向去。于是我们驶过山岗、旷野和灯火灿烂的湖畔,直待看到第一颗大星星高悬天际,或是月亮的清辉悠悠洒下,才意犹未尽地返家。

酷爱文学哲学和艺术的儿子,学的虽是科学,个性方面倒像极了我,也是个讲究心灵享受的唯美派。他似乎很能懂得我对黄昏的迷恋,从不因此觉得好笑或古怪。望着身高一百八十几厘米的儿子,和比我高出半个头的小女儿,常会产生一种奇异的感觉。我想上天对人是公平的,他夺去你的青春,让美得令人心颤的年轻岁月一去不返,却给你一些实在的东西,譬如说儿女、家庭,甚至事业。人生几十年寒暑,如果快马奔驰,一晃而过,清风残月,一样也留不住。这时,你会觉得这些实在的东西是多么重要。

月前携小女儿返台,往返匆匆两周,在公私皆忙分秒不得空闲的情况下,居然去了次台中。

四十余年前父母带着我们一群孩子来到台湾,从基隆上岸后,立刻随着一群同乡朋友直奔台中。那时我正读高中,十六七岁的女孩,懵懵懂懂开始做梦的年纪。在台中一住五六年,有欢乐有悲伤,人生中最宝贵的一段是留在那儿了。如今落籍海外,行遍半个地球,看过世界上所有的名都大城,然而最难忘也最能引起我异样感觉的,仍是台中,特别是那儿的黄昏。

怀念那儿,却又有意地避免前往,多次回到台湾,去得最少的反而是台中。这次的专门造访,倒是笃笃定定,做足了心理建设,有备而来的。

以往台中有我的家,如今我只是过客。陪伴同吃同往的三妹,在市中心的大旅馆给订了房间,晚饭吃过,三个人就叫了辆车开往台中我家原住址的附近去寻找旧黄昏。

我家住过的日式老屋,已由七层之高的公寓楼房代替,原来宽敞的巷道,被两旁的建筑物挤得只剩下一窄条,而且铺上了柏油,屋前的一株老榆树是我最爱的,也被连根挖去。心绪怅怅地出了巷子,走上我记忆中最美的、真正的"黄昏路",可真让我吃了一大惊,骇然作不得声。

昔日那一街感人的幽静,泛着雾般黯淡光芒的路灯辉晕,那浓荫遮得影影绰绰的街边老树,富有田园风味的沙石地面的漫漫长路,都不见了。代替的是喧嚣嘈杂,灯火辉煌,一家连一家的摊贩,一群跟着一群的寻找热闹的人。

我伫立在树道中间,望着人来人往,心在戚戚下沉,脑子已被掏空,思想不得。"这便是我回忆中最美的黄昏吗?时间果然无情若是吗?"我反复地默默自问。终于,我还是找到了一样昔日旧相识:那是一棵枝叶伸得好长的大树。四十年前它还不老时,就是那么纹丝不动,傲然挺立着的。我曾多次站在它的浓荫下,倚在树干上,所以不会认错,虽然它已不似当年面貌,已显出老树的枯衰,但让我难过的是,它被糟蹋得不成样子,枝上挂满了圆圆的红灯笼,下面是个卖煎鱼的吃食摊。手持大铁铲的老板笑嘻嘻地告诉我:这区域是台中有名的夜市,以吃食为主,要吃好鱼更是非来这不可。他说得兴高采烈,我却听得啼笑皆非,凄凄惶惶惘然若失。

午夜深宵,我仍辗转反侧难以成眠,一种虚浮不实,似梦似真的感觉,如烟云般将我包围。世事的变迁,人际的沧桑,有如魔术师手下的表演台,常有令人惊奇浩叹的结果出现,而那惊奇并不见得是使人喜悦的。我差不多有些后悔,为什么要巴巴地专程来寻访旧日的黄昏?多年来朝思暮想中的美好景象已毁于一旦,那种失望又岂止是失落或惆怅之类的字眼所能形容的!好在我还想得开,看得透,地面上的旧黄昏虽已被彻底破坏,无由寻得,我心里的旧黄昏倒还依然保持着鲜活完整,如今只祈求上苍仁慈些,别让它受到污染或侵犯,将这片净土留给我。

岁月留痕

杂感两题

蜘蛛与作家

搬离老屋紫枫园时,我钻进阁楼里一个已遗忘多时的角落,去收拾那些蒙灰的闲杂什物时,只见上面有一片尘网,网的正中央,盘踞着一只蚕豆大小的蜘蛛。天窗玻璃上透入的柔和斜阳,投在油亮的躯壳上,泛出含蓄的蔼蔼金辉,使它看上去越发坚硬光灿,宛若一枚真金制造的精致饰品。

我生来不是动物的朋友,从猫狗到昆虫,从不敢去触碰,唯一的例外,是养过一只叫奥力的小狗,自它因脊背受伤后腿瘫痪,不得不打安眠针长睡之后,便决心不再养任何宠物。事实上我对各种动物都有一种本能的惧怕,总觉得摸上去,令人从手到心,产生一种悚然之感。对于像蜘蛛那样的小虫子,是绝对不敢去触碰的。

我缩回了预备整理东西的手,怔怔地望着那只蜘蛛,考虑如何进行下一步的行动。蜘蛛给我的印象是丑陋、凶恶、毒蛊、肮脏……集诸多劣点于一身,事实上却未曾真正地观察过它。此刻,阁楼有限的空间里,弥漫着燠闷的空气,天窗透进的斜辉是幽暗中唯见的光明,生动的人间万物似乎离这儿很远,那只蚕豆大的蜘蛛和我,是这个小小世界里仅有的两个生命,我不禁对它仔细观察起来。

它顽固地伏在网上,八只纤细有节的长脚,毫无忌惮地伸展出去,姿态是那样舒坦自得,对周遭的一切全不理会,也没有因为我的出现,表现出警畏或想逃开的迹象。它显然习惯生活在自己的孤独天地里,对外界的动静并无兴趣参与。

它该是只"她"吧?否则怎么会有如此美丽的金色躯壳?它也曾有过青春和盛年吧?那么长长的一串岁月,就在吐丝织网中度过了吗?可有怨,可有悔?也许什么都没有,因为蜘蛛只是属于低等动物的小虫子,应该是没有灵魂和感觉的,而且它被认为有害,当人们看到它时,会用各种方法置之于死地。它似乎凶恶狰狞,实际上脆弱得不堪一击,只消轻轻地一脚踩去,便是死亡。

我仍定睛望着那只金色的蜘蛛,和它盘踞着的、自造的层层大网,在阳光的辉映中,网丝泛出淡淡的银白色,上面黏着几枚死亡蚊蝇的干枯尸体。一只小小的蜘蛛,结出那么巨大的网,对它也应算是艰辛的工程。它那容量有限的躯壳里,能够储存多少织网的原料呢?

"春蚕到死丝方尽",蚕是擅长织丝的典型。最可贵的是,织出的丝可为人类利用,制出柔软的丝绵,供给温暖,或印染出华彩缤纷的衣料,供爱美的仕女缝制衣衫。蚕的外形柔软无骨,默然吐尽最后一口丝,默然奉献出卑微的生命,绝不表现丝毫的抗拒与悲苦,它的性格与身体同样柔弱,弱得看不出性格。因此它总是被怜爱、珍惜,甚至常常被歌颂。

相比之下,蜘蛛给人的印象恰恰相反,它看来铁骨铮铮、傲岸孤独、毕生躲在暗暗的角落里,无休无止地织网。虽然织出的网,亦能消灭几只对人类有害的蚊子、苍蝇之类的小害虫,为人类做点力所能及的小事。远离城市的孤高自珍,使它为人类排斥、恐惧,被视为绝不可接近并绝对有害之物。但它无视这一切,仍顽强又顽固地,在最冷僻的角落里吐丝织网,层层漫漫,无穷无尽,直至死亡。

它将吐丝织网视为天职吗？抑或身体里有股力量,若强按捺住不发泄,怕自己那小小的躯壳会爆裂,才化为柔丝倾吐出来？它存在的意义是什么？为何选择这样孤独寂寞的生涯？如果它能收起冷漠孤傲,化为一只快乐的彩蝶,飞舞于百花丛中,不是可以活得轻松省力许多吗？它是不懂？还是不肯？

世间的一切生命,甚至卑微弱小的虫蚁,都在不倦地寻觅适合自己的生活方式,并为生存不懈地奋斗。那只金色的蜘蛛,经年躲在老屋的一角吐丝织网,必然有其独特的意义吧？不是也常常有人问,那把自己"囚"在书桌前,笔耕不辍的作家："一生的大好时光如此寂寞地度过,值得吗？"作家的回答,必定是婉约中带点傲气的笑,意思仿佛是："你怎会知道,寂寞笔耕正是我生存的意义！何况你并不是我,焉知我是否寂寞！"

当我由那只蜘蛛联想到作家时,对它倾毕生之力,躲在屋角默默织网的生涯,似乎有了默契与了解。它那么默默无怨地结网,一年年,一层层,把痛苦与快乐,连同着青春岁月,一起织了进去,正如作家们一字字地经营他们的文字,无怨无悔,苦乐自知。

我没有惊动它便走出了阁楼。

人生没有真正的失败

人生是一叶小舟,在长流静水中悠悠扬帆前行。风和日丽之下,两岸景物尽入眼底,远山近树,袅袅炊烟,似一幅淡淡的水墨画,带给人一片悠闲安恬。然而世间尘路漫长,人生之旅永远这样无变化地逐波驶去,任何喜爱安稳和平的人也会感到倦怠。最受压抑的,应是灵魂中那股蠢蠢欲动的,最原始的生命活力和创造张力。

生命之所以为生命,因为那里面有与生俱来的创造力、想象力和活动力,可谓人之本能。当一个人的生活过分安定顺遂,完全用不着去奋斗、克服时,这种本能的力量便会逐渐萎缩,日久生厌,反倒百无聊赖起来。成功本是可喜的,但假如凡事不需克服就自然地如愿完成,势必永远站在成功的巅峰,那岂不等于天天吃盛宴中的大菜,能品尝出多少美食的鲜味!

挫折,是大宴中的菜蔬,是静水中的浪涛,若说能调节人生,倒不如说是人生中的良药,甚至是良师益友。

挫折不是失败的代名词,更不是挫人志气的沮丧剂,它是考验人的韧性和耐力的测量器,亦是在人跌倒时鼓动他奋勇再起的能源。如果一个人总是一帆风顺、事事成功,极易造成他生存太容易,世间一切任由我取,我即"万能"的印象。志得意满、洋洋自大,对人世疾苦视而不见,自负之余说不定竟不自觉地自私起来。

一个只尝过成功滋味、没尝过失败痛苦的人,得意忘形,失去原有的善良和纯真,是常犯的毛病。这当口倘若遭逢突然的挫折,正如一记当头棒喝,看清自己亦看清别人,对许多想当然的事,能够重新衡量,懂得设身处地为人着想,同情与悲悯之心油然而生,说不定比起原来那个不可一世、两眼朝天的伟大自我,于人于己都会变得可亲可爱。

挫折本身并不可怕,可怕的是一遇到挫折就先气馁,自怜自怨、恼羞成怒、恨东骂西,使得挫折感越演越烈,最后成了真正的失败者。

对于挫折,我有足够的经验,从少年、青年到中年时代,一次次的挫折如影随形,比最亲密的朋友还要亲密,伴着我成长,走过一段段荆棘路。

生平第一次挫折,是在少年期未满十八岁时投考大学,因为数学吃了鸭蛋而落第。这个失败让我以为天塌地陷、世界沉沦、被命运遗弃。作家梦固然破灭,未来的前途亦如九天烟雾,随风飘散。最糟的是觉得丢脸:一个被众人注目的"校园美女",居然榜上无名,还有什么面目见人!年幼糊涂的我,甘心做个被击倒的失败者,灰心的终极,是自暴自弃。从此以后,倒真是一步走错,满盘皆错。当我猛然惊醒,懂得了人生没有真正的失败,除非自身愿意接受失败的时候,已受了许多磨难,吃了不少苦头。

幸亏步入青年期的我,虽然外表看来柔弱,骨子里却有强韧的一面。记得初次在绝望里抬起头来,决心向挫折应战,是在一个冬夜。擦去在脸上滚动的泪珠,凝视着窗外透进的月影,我的心一下子明澈起来。"你准备就这样子倒下去吗?还是愿意拿出勇气,为自己的命运一战?"接着我听到内心深处清楚的回答:"不要倒下去,不要做弱者,勇敢地向命运应战。"

从那之后,我不再动辄哭泣,不再埋怨命运,我写、我画、我读,努力地吸取知识,充实自己。二十岁那年,我写出了第一部长篇小说,二十余万字,尽管文笔生涩、内容幼稚,但凭着那个不成熟的作品,在众多的竞争者之中考取了电台的编辑兼播音员的工作,从此开始了职业生涯。那是我第一次面对挫折后的胜利。虽然只是个开始,却使我信心倍增,开始一步步创造自己的前程。

后来我毕业于艺术学院,成为一个有执照的美术设计师,特别是成为一名文字工作者,写了一些书,被文坛和读者接受,圆了作家梦,这才使我更深刻地洞明了人生是什么!

人生不是坐享其成,不是迷信或侥幸,更不是骄狂自大,而是真正的实践、行动,面对挫折和打击,不惧不畏,反能以勇敢的心情迎接,认为那是命运赐予的课题,是考验恒心与毅力的试金石。

从青春岁月走到夕阳之年,滔滔数十载,我的生命旅程就是一篇挫折史。在"挫折"这个顽固的老友面前,我越来越能处之泰然,不是我有过人的特殊智慧,而是因为我太了解它。它是漫漫人生路上的必经之站。只有曾经遭遇过挫折的人生,才是经过检验的成熟人生。人的潜能无限,只要你不畏惧险阻、保持自信,就会产生力量去克服一切,走向成功。

人生没有真正的失败,我们遇到的只能说是挫折。

少年情怀是诗篇——我的1949

如果要找个这一两年里，文学领域中最热门的话题，想来应该是"1949"这一数字。"1949"代表了什么？为何"发烧"起来？这使我不禁想起自己在那段山雨欲来、江海震荡的日子里，相当奇特的经验。

抗战期间，我家逃难到四川，住在重庆郊外一个叫沙坪坝的小镇，我整个童年都在那儿度过，一口四川话说得够地道，外表跟本地孩子也没分别，担担面里的辣椒油不比他们少放一滴。但当土生的四川孩子跟我们吵架时，仍要说："下江人，跑来做啥子？朗个还不滚回去？"因此我渴望有一天能回到自己真正的故乡。

十四年艰苦抗战终于结束，身为政府官员的父亲，是第二批回东北执行接收任务的。父亲临行时留下话："等着和同乡朋友一起回北方,不许享特权。"于是母亲带着我们一群孩子,就守在小镇上苦苦地等,好不容易轮到我们,已是胜利的第二年深秋,一路上江轮海轮的折腾,加上候车等船多次,1947年开春,终于到达目的地沈阳。我们的故乡在黑龙江,父亲的工作地也不是沈阳,但那儿都是解放区,我们只好停留在沈阳。三月间,我和大妹淑敏,进入中山中学就读,我读初三。

中山中学的大名于我是如雷贯耳。我的小叔叔,小学老师,父亲资助过的一些东北流亡学生,都读过这个学校。原来中山中学成立于1934年,是东北沦陷后的第三年,经国民政府行政院批准成立的全国第一所国立中学,专事招收当时无家可归的东北籍流亡学生。学生中年长的不过十七八岁,年幼的只有十二三岁,一经考入中山中学,吃、住、医、书等问题都得以解决。这个学校的全名是"国立东北中山中学"。

中山中学的历史极不平凡,在我入学之前,曾有数次迁校经验:1936年日本的侵华野心已昭然若揭,形势恶化,中山的师生看出"华北之大,已安放不得一张平静的书桌",于是老师带着学生开始了流亡之路。学校抵达南京附近一个叫板桥镇的地方。刚迁入时无水无电,全体师生睡在地板上,决心"克难"自己整治校舍环境。1937年春一切就绪,课桌等设备一运到便开始上课。糟的是,8月13日,日军进攻上海,南京情势危急。学校请当时东北籍将领、六十七军军长拨赠了步枪一百支和子弹一万发,在南京沦陷前夕,由校长率领全校师生再上征途。流亡人众车船难找,有时必得步行,先遣队是一百名高中学生,以紧急行军速度,三天时间徒步二百里赶到湖南湘乡县一个叫永丰的小镇,在那儿找到了临时校舍。

日军穷追不舍,1938年广州武汉相继沦陷,中山中学不得不离开湖南,为了一劳永逸,这次目的地选在大后方的四川。

一路都是意外之祸:长沙大火,全线停车,断水断粮;日机大轰炸,徒步行军一走二十六天八百里。停停行行,弦歌不辍,能上课时就上课,到达西迁的最后一站,四川威远县一处叫静宁寺的大庙,终于安顿下来。学生享受公费待遇,一日三餐两稀一干,多数人是吃不饱的。坚持着到了抗日战争结束,1946年暑假,经教育部批准迁至沈阳。

谁也不曾料到,从流浪到归来,路途竟是遥遥十载之长。在重庆，东北人家的孩子，小学一毕业，家里就给买张船票，安排结伴同行去入中山，从此这孩子的学习和生活就交给了学校，省钱又省心。那时每家生活都很困难，依此可以省下一大笔开支。我小学毕业时也曾要求父母送去中山，没想到他俩异口同声拒绝："不行。你以为离开家就没人管，就可以任着性子看闲书了吗？你就好好地准备升学考试吧！"父亲板着脸说。

我迷恋各式各样的"闲书"，的确让父亲头痛，但他只说对了一半，我想去中山确是想多些自由，但更重要的理由是看家里实在太困难，想给家里省一笔开销。在抗日战争的那些年，物资艰窘，货币贬值。三十多岁的父亲身为公务员，每月薪金只够半月生活。孩子一个个地出生，要吃奶粉，要生病，那时连"健保"这个名词也没听过，大富之家出身的父亲，和满族贵门小姐出身的母亲，被生活压迫得仿佛要趴在地上。其实在我们预备往南逃难之前，祖父已托人捎来三千个银圆，但父亲不曾料到后来会那么苦，对东北逃出的青少年又特别关心，就把那笔钱当救济金发放了。这时只好把母亲陪嫁的金宝首饰，貂皮斗篷之类或当或卖，换成钞票来填饱我们的肚子。我那时虽然只有十一岁，却知疼父母，一片好心被当驴肝肺，再也不敢提中山，还是活在父母的眼皮下吧。

想不到在沈阳竟进了中山。沈阳中山的校舍是原日伪时代的南满中学堂。规模恢宏，有教学楼、大礼堂、游泳池、体育馆、男女生宿舍和教职员宿舍等。南满中学堂是日本人打如意算盘，以为他们可以永远占据东北而培养科学秧苗的重点学校，全校都是男生。中山迁回沈阳后，他们很自然地并入进来。

这时中山共有学生一千余人，约分三十个班级，譬如我读的初三就分五个班。学生中共分三种类型：从四川跟学校共过甘苦复员回来的，自觉曾经战火锻炼，富有反封建反腐败的爱国思想。特别是他们中有三十多位同学先期返回东北，曾穿越解放区，并得到很好的照顾和接待。这群同学比学校复员的大队伍还早到了两个多月。后来还以他们为基础，组建了各类学生社团："九一九"社、读书会、歌咏队和墙报社等。总之，四川静宁寺回来的代表"进步"，其中有些流露出一种自命不凡的优越感。第二类是从南满中学堂转过来的一批，他们不太参与课外活动，闷头读书之外就是玩乐器，钢琴、小喇叭、小提琴、手风琴都有人玩。剩下的第三类,就是我们这群到沈阳后招来的杂牌军,其中很大部分是像我一样的政府官员的子弟,便很自然地被视为"腐朽"象征,"进步"分子是与我们保持距离的。

那时腐朽二字代表许多反面意义:譬如奢华,没有政治觉悟,旧官僚,贪污腐败,等等。当时抗战归来的父亲上无片瓦下无寸土,只得借住纪伯伯服务的啤酒厂分给他的公家宿舍。纪伯伯是父亲中学时代的好友,因他家眷留在老家,便把房子借给我们住,自己只使用其中一间。在沈阳的一年,我家就住在那栋借来的宿舍里。

我和另外四位女同学被分到南满中学的男生班。男生们仿佛又惊又喜,动作频频,背后称我们为"五只花瓶"。我们也不示弱,五个女生靠墙坐在边上,十分团结,背后统称他们为"和尚"。和尚们的理科功课好得惊人,一场数学考试下来他们全是满分,五个女生大大落后,这使我们很没面子。但他们很快就发现,我在文科和美术、音乐方面的成绩为全班最强,屡获老师夸奖。据说他们已知"花瓶"一词对我不适合,正在研究给取新外号。而这时已有人写追求信放在我的课桌里。这一惊非同小可,稍一琢磨我便决定:从此不和男生打交道,实行不理、不睬、不讲话的三不政策。

我自小学时就爱读文艺书籍,懵懵懂懂地自觉已很有思想,也觉得世界充满着不公和黑暗。最爱读的一本刊物叫《太平洋》,好像是北大学生编印的,厚厚的一大本,内容尽针砭时弊,非常"前进"。我常在课余时坐在校园的台阶上晒太阳,读《太平洋》。于是他们就给我取外号,背后叫我"太平洋"。1980年代我回沈阳,老同学特别选在母校以茶会欢迎。阔别四十年后重逢,颇有恍如隔世的黯然。直到我问:为何要给我取这外号?他们说一因杂志的标志;二是我太威严,对男同学不睬不理,态度叫人摸不透,像深不可测的太平洋,因而名之。这时大家才开怀大笑。

现今回想,那时的激情气氛真浓,同学们唱流行歌曲的很少,因会被认为麻木不仁。响起的歌声总是《黄水谣》《茶馆小调》《古怪多》,等等。教室大楼第二层两端的布告栏贴满了墙报,诗,杂文,评论,多得看不过来。虽然都出自十几岁孩子们的手,不免天真幼稚,却洋溢着充沛的生命力。

1947年秋季,大家内心火热,自觉正在扮演时代前锋的角色。接着就搞厨房停火,教室罢课。那时我已升到高一,担任墙报编务,还写文章,负责设计、绘制刊头,十五岁的青苹果,自以为十分进步,在给人类做大事业。

挨饿的滋味不好受,正在眼冒金星,傍晚时忽有人说看到领导绝食的"主任委员"在馆子里大嚼,提议我们也不妨去吃点什么,于是和两个同学出去吃了一碗面。我预料妹妹淑敏多半还在挨饿,便给买了两个烧饼送去,可她不敢吃。我说主任委员都吃了,她才将信将疑地吃了那两个烧饼。

到1947年底,学校已快成无政府状态,课业断断续续,各班成立"学生自治会",动辄发表宣言,各式各样的会社纷纷成立,一时之间校园内光是话剧社就有四五个,目的是要用艺术手法揭露社会的黑暗面。说着便行动,商定剧本即刻找男女主角。忘了那剧社的名字,能确定的是选择演出的剧本是曹禺的名著《日出》。剧社高层商议的结果是,找我演女主角陈白露。我先是拒绝,后来禁不起说客晓以民族大义和责任感,便答应了。

于是每天忙着排练。剧社社长兼导演叫孙辑六,想来必是他们家孩子众多,他排第六,他父母亲就像编辑一样,算他是"辑六"。校园中有大家公认的美女和帅哥各数位,孙辑六虽是帅哥,却不演男主角,而自愿出饰又老又丑的反派潘四爷。饰演男主角的是另一帅哥。我们用词内行,口口声声说"排戏",戏也排得很认真。我的阅读习惯是从剧本开始的,孩提时代就读过曹禺的著作,对他非常崇拜。大陆1983年开始出版我的作品,受到好评。1986年全国作协邀请访问三周,问我想见哪些人。我说曹禺、冰心、沈从文、萧军、端木蕻良、骆宾基等前辈作家。特别是曹禺,他可说是我的文学启蒙师。结果接待单位安排我与曹禺和他夫人李玉茹聚餐,当我跟他谈到排演《日出》这一段,他忍不住笑着说:"哟!才十五就要演陈白露啦!《日出》戏可不小,演出成绩怎么样?"听我说还没上台我就跑了,他嘻嘻地笑出了声。

1948年元旦后寒假来临,东北的冬天冰天雪地,酷寒袭人。且接近旧年,时局又是风雨飘摇之势,连一些工友都回家了,教学大楼变得冷清。正巧这时我住的那栋女生宿舍白楼的暖气出了毛病,冷得如置身冰窟,于是大家只好紧急应变,扛着行李到教学大楼,把一间教室的桌椅搬到走廊上,大伙沿墙打地铺。暖气虽然没全熄,却已是奄奄一息,地板又硬,冷得难以安睡。有家的同学大多已回家,连我妹妹淑敏都回去了。我却因剧社坚持要把《日出》排完,以便开学后第一时间登台,而自觉负大任在身,不得不在校受冻苦撑。

那天正洗完脸要去排戏,忽然在走廊上迎面遇到伯父,他一把拉住我:"你爸妈叫你回家过年。跟我回去。"接着不由分说就把我地铺上的行李捆起。我说要去跟剧社打个招呼,伯父冷着面孔道:"打什么招呼!你爸要是知道你为了演戏不回家,不定要气成什么样!"他说罢便挟起行李卷,我自己提着衣箱,两人坐上马车就回到啤酒厂里的家。

出人意料的是年也没过成:正在准备年夜饭的当儿,忽然听见"砰!砰!"的响声。懂得武器的伯父和父亲警觉地听了一会儿,都面色沉郁,几乎是异口同声地说:"这不是鞭炮,是大炮声。"

接着又来了几响,父亲想了想便决定:立刻收拾一下快快进城。如果真有战事,城门一关会被隔在城外。于是一家人忙着装箱子,草草地拣拾了一些必要之物,房门也没锁,就开始逃亡。父亲的好友孙伯伯曾说:我们家小孩多,最小的只有一岁,不该住城外,必要时进城会有困难。并说他家房子大,叫我们搬去住。父亲觉得不便那样打搅而数次婉谢。现在也顾不得了,两辆车直奔孙府,要在孙家等飞机去北平。

山雨欲来风满楼,飞机一票难求,等了二十多天,怀着不舍和恐慌,随着父母,先北平,后南京,在南京待了八个月,1949年初到台湾,展开了我的另一段人生。

在后来漫长的岁月中,曾多次回忆起那不平凡的一年。有感慨,有惋惜,也有怀念和一种难以形容的温馨情绪;那毕竟代表着生命的活力。如果说我这一生里也有过跟浪漫、前进、时代性等字眼挂得上钩的日子的话,恐怕就是1949年前在沈阳那一段了。

最是故园泥土亲

一次展览会中,讲解人员指着一块比拇指的指甲略大,黝黑闪亮,状如煤炭的石头说:"你们看,这是世界上最贵重的石头,价值合美金六百万元,比同样大的钻石要高出两倍。"

原来那块看上去毫无惊人之处的石头是"月石",航天员到月球上挖回来的,是投下了巨大的研究费,经过众多科学家研究了若干年后的成果。它的名贵之处在于无来路,纵是亿万富翁,愿意付任何代价,也无法到月球上捡回那么一块看着不起眼的石头。

来路越难的东西越贵重,以这个标准衡量,我也拥有一点对于我而言属于最重要的,那便是一撮泥土,我故乡的泥土。

去年孟夏的故乡之行,是我整个人生旅途上的高潮,好奇与激动的程度有如航天员登上月球。

航天员登月球是把科学带进了新纪元,写下人类征服自然的历史新篇,是万方瞩目意气风发的英雄行为。我的故乡之行乃是一个自小在外流浪的失乡人,回到怀念了多年的故土故园,作惊鸿之一瞥。心绪戚戚,茫茫然中更多的是凄惶不安,跟人家征月的壮举怎么也扯不到一起去。唯在压根儿的不同中,也能找出一点相同之处,那便是来之不易。故乡之情虽比不上航天员登月球那么艰难,可也够难的。矛盾、犹豫,策划了好久,才下定决心跑这一趟。

我把记忆中早已模糊的故乡分成两处,一处是松花江东岸的祖父家,另一处是呼兰河畔的外祖父家。每处一天匆匆而去,匆匆而归,所谓的祖父家与外祖父家,早已人去屋损。带回的是一腔惆怅和两包故园的泥土。

松花江沿岸的泥土是暗淡的深褐色,看着不似刚去过的黄土高原上的泥土那么悦目。黄土高原的土黄里冒红,像含着火焰,勃勃的生气自鲜艳的色彩中奔之欲出。缺点是土质疏松,水少多旱,种庄稼常常事倍功半,远不如松花江两岸,号称松嫩平原的地带,看着黑莽莽、硬板板难看得赛过老太太的旧棉被的土,一挖三四丈深,高粱大豆,种子掉在地上就会发芽生根,结果成实。

时髦的现代人已经越来越不眷恋泥土,离泥土越来越远,实际上泥土和人的关系跟空气与人的关系一样密切。如果说人来自泥土,乍闻仿佛有点危言耸听。人来自父母,怎么来自泥土呢?但这是事实。人是千真万确地来自泥土,没有泥土也不会有人;没有土里生出的五谷菜蔬瓜果养人喂畜,人类便生存不了。父母也罢,祖父母也罢,曾祖父母也罢,反正都是靠泥土活命的。

人来自泥土,死后又回到泥土。泥土是人的本,泥土里深埋着人的根。

我一向不喜欢摆弄泥土,近年来更以时间不够用为借口,与泥土的接触仅止于在院子里拔拔野草,扫扫落叶,早已是个不肯亲近田园,遭现代文明的尘气所淹没的城市中人。若因此便断定我对泥土无情,却又不对。对于故乡的泥土,我一直像失去母亲的孩子思念母亲那样魂牵梦萦,欲忘不能。因为怀念,才冲动得不像我这个年龄的人,不听任何劝阻,奔波了那长长的一万里。

我怀念,只因那是我的故乡。我的祖先们曾把他们的血和汗洒在那片土地上,死后又把他们的肉体融在那片土里,一代复一代,用整个的生命对生育我的大地之母做着奉献,没有一丝保留,一丝吝啬。

照说,故乡的泥土里该有我的根,该与我彼此相属,我踩着那块土地,该是像游子回到慈母的身边,感到的尽是温馨亲切。而真实的情形竟是,当我从故乡的泥土上走过,触碰到的是触景生情的悲凉,恼人的陌生感和失落感。"这个客人可是从哪儿来的呀?"看热闹的故乡人挤在栽了两排白杨树的大街上交头接耳。眼光里的惊异,像是突然发现了一个"外星人"。

失落的茫然中拾回两包故园的泥土,一包来自松花江东岸祖父家,另一包来自呼兰河畔的外祖父家。外祖父手植的野樱桃居然还枝叶繁茂,随行的人还为我挖了一株连根带土的。

我携着装了故园泥土和那棵野樱桃的旅行袋回到瑞士。在长得吓人的流浪日子中,那是我仅能掌握到的,证明我有过故乡的一点真实。它们代表的意义深远,来路又曲折,我以虔诚与谨慎的心情珍惜着。

野樱桃种在后院,怕小狗踩坏,罩了个铁丝网,每隔两天浇次水,小心得若看护不足月诞生的婴儿。无奈它仍是越长越瘦弱,越萎缩。叶子一片片地脱落,剩下光秃秃的枝芽,眼看着正在走向枯死,却无力挽回它的生命。植物有情、有灵,比人更恋故土,移动了它的根,它便在相思中枯萎、死去。

野樱桃的凋零令我有扑了一场空的颓丧,也促使我对故乡的泥土更珍视,寄了更大的希望。

我把泥土分成了两包,祖父家的给父亲,外祖父家的给母亲。幻想着父母接过装了泥土的小胶袋,也同时接过童年、少年、青年,一大串属于过他们的美好年月,垂老的心怀将涌入再现的青春。黄昏的黯淡里将闪过绚丽的彩虹,那样的喜悦该是多大,多久,多隽永呢?我私心挺得意地想:妈妈,爸爸,这是女儿所能给你们的最好的礼物了。

着人带走那两包泥土,再把余下的掺混在一个花盆里。日前朋友送来一盆兰花,正好移栽在里面,放置在楼下的花窗上。

叫不出那株兰花的真正名字,能确定的是它来自中国。朋友、我、家人,都叫它中国兰。中国兰在远离中国的欧洲,回到中国的泥土,能说不是最和谐的结合!它们当会彼此垂怜、依附,泥土给兰花以生命,兰花依泥土而兴盛、茁壮。流浪的泥土热恋着流浪的兰花,诉说的故事已是诗篇般的凄艳!

中国兰的叶子又长又细,参差有致,盈盈亭亭地立在深褐色的泥土里,朴雅中自有一份妩媚。阿尔卑斯山区冬天的阳光,隔着玻璃柔和地照进来,与兰花叶相辉映,风韵之美足以入画。

长着长着,正被祝福与欣喜环绕着,绿油油的叶子上出现了黄色斑痕。接着整个叶身泛黄,最后,终于和野樱桃一样,垂下了头,枯萎、脱落、死去。剪去干枯的叶,剩下一盆焦黑的泥土。

这期间,母亲病故了。我不知道她接过那包故乡的泥土时,是否也接过了我幻想中的喜悦和年轻?只知道家人把泥土放进了棺木,踩在她的脚下。母亲在那块土上出生,又踩着那撮泥土走进坟墓。对乱世的失乡人来说,或可算是难得的福分,但已经死去的人又能知觉什么?我不相信人死后有灵魂,更不相信有来生,人的灵性永远随着活的肉体存在,肉体的死亡便意味着对有生世界的整个终结,不再有任何的感觉和意识。跟了母亲一生的乡愁,已跟着她生命的消逝而消逝。那么,踩不踩那撮土,对死去的母亲又有多少分别!

故乡的泥土是死土,丑陋的、无光泽的深褐色里埋藏着孤绝和死亡的阴霾,嗅不到一丁点儿生的气息。它令我颓丧、懊恼,希望幻灭。也许奔波万里,去到故乡掘回那一小撮泥土,只是桩多余的举动,并不具什么意义,更无须如此珍惜和认真。几次想把盛着土、土里埋着干枯的兰花根的小花盆,丢在垃圾桶里,竟又几次缩回了手。来自故乡故园的,到底不同于市场上买的,你对它自然怀着一份情,一份偏爱与不忍。不管它是美是丑,是好是坏,有用还是无用。

但我决心不再保有它了,它使我随时触碰到失去慈母的伤痛,失去故乡的茫然,也使我抑制不住对早夭的中国兰的惋惜。最让我不能忍耐的,是它的身上看不出生命。

其实,任何有生命的,都会变成没生命的,人的存在就是最好的例证。人生的途程,有长,有短,有苦,有乐,有充实,有空虚,最后却总是殊途同归,没有一个人能避开死亡之旅的轨迹。生而注定死,有而化为无,是人的一生最真实的写照。我并非看不清。然而愿见生不愿见死,是最自然的人性。阿尔卑斯山头的浮云和冷风带来的乡愁已够得负荷,我不想再看到死,而想看到生;不要再接触失望,要看到希望。如何处置那点不忍丢弃也不愿保有的故乡土? 我思索着。

思索着,思索着,处置那点别人看来不值一文的泥土,对我真是一件难以取决的大事。月球上挖回的石头虽贵重,总能说出价格,我的故乡上纵贱,却是无价。研究科学投下的是人力物力和时间,可用价格。人的情怎么能用价格估计呢!

曾打算把那撮泥土送给一位被乡愁折磨的同乡父执辈。浪迹天涯的人,从一头青丝的壮年漂泊到迟暮的发白如霜,跟着来的该是什么? 看到故乡的泥土,他会惊喜? 会流泪? 说不定会珍贵地保存,待它们陪着走入坟墓。

故乡的泥土仿佛只属于眼泪、老人、凋零、枯萎、死亡和坟墓。把这样的东西赠给人,是不是等于把绝望捧到人的眼前呢?

我又犹豫了。装了泥土的小花盆被冷落地丢弃着。

照例是个暗淡的黄昏,照例地拿着铜质小水壶,给窗上的几盆花草做三天一次的浇水。不经意的转眸间,发现小花盆里的黑土有些异样。拿起仔细瞧瞧,原来中国兰枯死的根茎处,冒出两枝小小的新芽。尖尖的叶梢,挺挺的叶身,流泻进来的漫漫幽暗,一点也掩不住它的鲜活、祥和的生气。

世界像被仙女用魔杖点了一下,瞬息间神奇地亮丽起来。重浊的空气里有生命的韵律在跳动,沉沉暮色化作婉美的朦胧秀色,盆里的两株小绿芽,泛着比星星还耀眼的光芒,我凝固着的心田,正在一道暖暖的水流经过中复苏。这一切,太可爱,太奇妙了。生的坚韧、神秘、虚玄与不可解,便那么赤裸裸地显现。带来的是大喜悦、大感动,和一份发人深悟的、充满空灵意味的美感。

我小心地培育着在故乡的泥土里生出的中国兰,定期地浇水,每天探视它成长的进度。那新芽蹿得也真快,不到一个月的时间,已冒得两寸来高,几片叶子立得笔直,峥峥挺挺,一个劲地往上冲,颜色绿得赛过最绿的翡翠,即使在这早春三月的放苞期,在一堆粉红淡紫的花朵间,也是最抢眼的。

故乡的泥土还是好的、美的、有生命的。它让我看到希望,看到宇宙万物竞生的潜力,追求存在的本能。植物、动物,以至最有情有灵的人,终极的归宿固然是同样地归于消逝,但消逝在生的道路上的短短时空,都会用他们所有的力,所有的热,放射出最美的异彩,显现他生命的极致。原本荒凉的世界,便在这无尽的层层异彩、点点极致中,繁茂华丽了。

常听人说一粒沙尘中可以看到整个世界,我想我在那撮故乡的泥土中看到了全部生命的真谛。希望、失望,获取、失落,都不是绝对的。

我已不想把故乡的泥土丢弃或送入坟墓了,只想着怎样维护它,灌溉它,让那株重生的中国兰发得更好,长得更壮,开出秀美的花朵来。

童年的江

晚饭后照例扭开电视看当天的新闻,出乎意料地,竟看到那条属于我童年的江——长江的支流嘉陵江。

那是我记忆中最美的一条江。

那夜,我多时未犯的失眠老毛病又来了。闭上眼睛毫无睡意,在脑中萦回不去的,是美丽的、静秀的、清澈的、柔情的,属于我童年的江……

那时正值抗战时期,我家在"七七事变"的炮声中,由北平逃到天津,又由天津路经香港、福建、广西、湖南、贵州,到达大后方的抗战堡垒——嘉陵江畔的重庆。一到重庆便直奔市郊的一个小镇,父亲服务的东北抗敌协会所在地。我们在小镇一住七八年,直到抗战胜利才离开。

时间对于成人和孩子的待遇似乎不同。七八年对一个成人来说,只是一眨眼的工夫,对一个孩子,可就变得无尽地长。特别在那个战争结束遥遥无期、物资奇缺、人们生活普遍艰苦的时代,更让人觉得日子过得太缓慢,缓慢得让人着急、受不了。"什么时候我才会长大呢?""时间能不能过得快一点呢?""我能不能快一点长成大人呢?"那时,我稀里糊涂的脑子里,常常颇不耐烦地转着这些念头。

小镇名叫沙坪坝,号称文化区,原因是当时三所大学、一所职业学校和两所中学、两所小学都在那里。对于那么小小的一块地方来说,教育的密集度差不多使得空气里都飘着书香,号称文化区确实当之无愧。

沙坪坝总共只有一条大街,直直的,黄泥路面,汽车一经过就像沙漠中刮起大风,灰尘刨土、飞沙走石。幸亏那时汽车少,除了有辆公共汽车每天几次来往于重庆城里与沙坪坝之间,顶多偶尔会有一两辆运货大卡车经过。无论是运人的公共汽车还是运货的大卡车,全是牛喘喷雾式烧木炭的,每当它们喘着大气踌踌跚跚地走过时,总会留下浓浓的烟雾。但这已是沙坪坝顶尖儿的机械交运工具了。私人小轿车固然难得一见,机车和脚踏车也没有。一般人到步行可达的地方一定用脚走路,步行太远或生病不能走便坐人力车和"滑竿"。滑竿状如躺椅,两旁置有粗如手臂的长竹竿,由两个人抬着,坐在上面摇摇颤颤,又能居高临下东张西望,很符合孩子们的口味。总之,那是个以人力为主的时代,是今天看惯了各式轿车、机车、儿童乐园里的电动小汽车的儿童们,做梦也不易梦到的时代。

沙坪坝那条直直的黄泥面子的大街上,店铺只有数得过来的几家,其中一家卖日用品的百货商店、三五家卖油盐酱醋的杂货店、两三家米店、一家鞋店。许是文化区的关系吧!书店和文具店倒是不少,似有五六家之多。再就是饭馆子了。不过以今天的标准来品评,真够资格称得上饭馆的也只是三两家,其余的比小摊子的规模强一点但也有限,卖的无非是烧饼、油条、担担面之类的简便小吃。

我还记得那条直直的街叫"正街",正街上的特色之一是裁缝店多,那些裁缝店全是逃难来的人开的。不知道为什么,几家的店主人全爱吵架。夫妻吵架要吵到马路上来,双方都不肯示弱,嗓门又大,一吵便惊天动地,引得马路两旁的住户人家,从楼上探出头来张望,有那好开玩笑的还要调侃着说:"加油!加油嘛!看哪个凶!"

我家住在正街三十一号的楼上,楼下就是间洋服店。

镶了一颗大金牙的店老板,三天两头地跟妻子演全武行,拿着用木炭烧得泛红的铁熨斗,朝着又瘦又小的老板娘比画。最初我为那感到惊恐之至,在小学三年级那年,写了一封伸张正义的信给那店老板,劝他不要欺侮弱小。可惜信在口袋里揣了整整两个月,终没有勇气交给他,最后只好丢在垃圾筒里。好在那店老板只是虚张声势,并没真用熨斗打下去,慢慢地我也就放了心,不但不再惊恐,竟感到他的表演总是千篇一律,毫无趣味可言,便懒得再去关心了。

那样的一个环境,对儿童成长期的心理影响自然是不好的,幸亏我的母亲不是孟母,就算她是孟母,别说三迁,就仅仅要求一迁也未见能够做到。在那个艰辛年月,有间房子住就算很不错了,很多同学家住的是一间泥巴墙的草房,我家住的是街上的"楼房",虽是破破烂烂,仍不知被多少人羡慕。所以一直住到离开四川。

沙坪坝便是这样一个简陋、质朴的小镇。镇上的人过着单调少变化、半乡村式的生活。而这个小镇的灵性与可爱之处,也正是这份纯朴、简素,浓浓的书卷气,淡淡的文化香,还有那条在她身边缓缓长流的、风光如画的嘉陵江,那是条最美的江,是小镇的灵魂。

想起童年的江,就不会不想起同在江畔挖沙子,捡石子,看船,看水,脱掉鞋和袜子把脚浸在水里的玩伴。仿佛是小学五年级那阵子去得最多。那个阶段的女孩子顶讨厌的就是男生,绝不跟他们说话,见了面就瞪眼,怒目相对。所以去江边也只是五六个要好的女同学。玩伴们以后的情形大部分与我相似,打完仗就复员还乡,后来随着父母到台湾了。当然她们也都混得跟我差不多:年纪一把,后面拖个家,又是丈夫又是孩子。去年九月去新加坡,当年因为挨了妈妈的骂,要跟我一块儿乘小船到对岸盘溪的孩子剧团去寄身投靠的同祥,热烈地招待我,开着辆车子在炎阳下带着我东跑西看,谈起江畔的岁月,两个人都颇有返老还童的心情。另一个当年在江边因争夺一个小贝壳吵过架的倩青,现在台北的一个中学里当老师,这时她可不再跟我抢贝壳了,也是开着车子带我到处看风景,看夜台北。想起三十多年前的日子,都觉得那离得太远太远,远得似乎捉不到影子了。但那些岁月毕竟是曾属于我们的,要想忘记也不容易。昔日玩伴的名字,我们也还叫得出,只是阔别数十年,音信全无,生活在迥异的环境里,不知她们是否都还健在,在怎样生活,是否也会想到我们,也曾想到往昔在江畔的情景。或许她们仍住在小镇上,也许已经远离了。

童年的江,牵引着太多曾经在那儿度过童年的人。那些人里的大部分,经过漫长的三十年,已从记忆的筛子中漏下去了,如果不特别着意去想,竟难以想到他们。只是,当我看到属于过我的童年的江,那些已忘怀了的人,便像潮水一般地涌回来了。譬如说只隔了一家铺面的油盐店里,那老是鼓励儿子打媳妇的老板娘,在小巷子里卖凉粉凉面的老板,隔壁书店的伙计,镇上袍哥头儿汤大爷,还有声言要在我家做一辈子的尹嫂,母校红庙小学的校长和老师们,光着脚、冬天穿着单裤上学的贫寒同学们……

油盐店的胖老板娘人倒不像很坏,她的媳妇更是生得白白净净文文雅雅,一副讨人喜欢的模样。让我惊奇的是,去替妈妈打油买醋,几次总听到她问在外地读书回家度假的儿子:"你打了没有?堂客(女人)不打啷喀行嘛!"那文质彬彬的儿子被问急了,就用带点不耐烦的口气搪塞他母亲道:"已经打过了,不用再催了。"

小镇的市中心有条窄窄的小巷,由于两旁的房子离得太近,两边屋檐连了起来,就成了一间细长条的天然屋子,夏天不进太阳冬天不入风雨。头缠白头巾,光脚上永远拖着双破布鞋,整天挑着担子满街走,叫卖凉粉凉面的摊贩子,灵机一动,置上锅灶,摆上三五个小竹腿桌子,就在那方寸之地的违章建筑里做起面馆老板来了。他的凉粉凉面味道不凡,特点是又香又辣。地方虽然不起眼,生意倒真是很好。自从在小巷里开了面馆,他仿佛就发达了,连破鞋也不趿了,穿的是整齐的黑布鞋,不改的是鞋的后段仍是踩在脚下,走路仍是一拖一拖的,没有顾客上门的时候,仍然把一双又黑又脏的脚丫子兴味盎然地用手搓着。

我家隔壁是一间书店,我和大妹一有闲就往书店跑,先是蹲在架子下面蹭书看,后来年纪大了点,自觉蹲在地上不太雅观,便改成站在架子旁边看,看久了店里老板伙计都跟我们熟了,主动把书借我们带回家去看。到最后,只要有新书运到,那个穿着蓝色粗布中山装的老伙计,就站在店门口向我们招手说:"又有新书了。"

红庙小学(现沙坪坝小学)是我的母校,从校长、教员到校工,都是四川人,上课下课说的全是四川话,把我们也都教成了道地的"川娃儿",背书如果不用四川话就背不通,吵架不用四川话也吵不痛快,我们的校长姓蓝色的蓝,名叫仕璧,不单名字文雅,人也生得玉树临风一表人才,偏偏我们这些毛孩子那时还不懂欣赏,竟背后叫他"乱吃屁"。

在离开四川后的许多年中,我始终怀念一位傅松如老师。傅老师是川东才子。文学底子棒极了,他爱才,而且居然会把我看成"才",鼓励我看文艺书籍,多写作文,由于傅老师我才喜欢上文学的。

还有那些赤着脚,穿着单薄的衣服,在瑟瑟寒风里打架闹事跟女孩捣乱的男同学,其实不过是些十二三岁的小娃儿,就已经被我们当成洪水猛兽了。有次实在气不过,一群女生齐向校长告状。那文雅的"乱吃屁"一听之下,气得两眼冒火,立刻找了几条竹片子,叫那几个捣乱的自搬长板凳,在教室外面当众打屁股,打得"英雄"们哭得鼻涕眼泪横流。后来这件事使我一想起来就自责,就不忍……

那是艰苦的年代,小镇上的人就过得那么简单、质朴,带着点愚昧意味的生活。可喜的是,日子虽苦,希望却大,人心热。那时候的人,没有谁不怀着慷慨悲歌的情绪,没有谁不坚持苦死也要把日本鬼子打出去的决心。

那些人,那些事,都随着日子的飞驰远了,淡了。甚至几近消逝了。而那江,是我童年的江;那水,是静静地打着漩涡,蓝得天空一般的水。那些天真美好的童年记忆,便悠悠地流了回来……我曾热爱过那条美丽的大江,我童年的江。她曾流在我心上,我的血脉里,她曾是我生命的一部分。我常想,这一代的孩子,这一代的青年人,与我们中年的一代相比,是多么地幸运。"梦里长江水",究竟只是在梦里,可能带给人几分轻愁,几分幻想,几分诗意。不似真正见过长江水,喝过长江水长大的人,心上像被重重的巨石压着,压得你焦虑,压得你痛苦,压得你被乡愁淹没。

我深深地缅怀着沙坪坝和那条美丽的江……

难忘岁月中难忘的人

我很早就有记忆,三四岁时,父亲用一只手掌,撑着我的肚子,把我举得高高的,我在空中又叫又笑的情景,至今鲜活。那时父母都年轻,妹妹小我三岁,一家四口住在北京西城的一个四合院里,家事烹饪有女佣何妈。每隔几天总有那么一次,母亲怀抱妹妹,我坐在父亲的腿上,两辆洋车(黄包车)直奔餐馆,最常去的一家叫西湖食堂,因那儿有我最爱吃的芙蓉鸡片。然后再坐上洋车去看戏,我独钟情青衣花旦,称她们为"小媳妇"。怕看花脸,常是伏在父亲的身上,朝旁边东张西望,嘱咐他"小媳妇"上场要叫我。

岁月不息地静静流转,气氛祥和温馨,我却总是那样憨憨的一个小女孩。胃口好,脸蛋子圆圆的,红得像苹果。话不多,口才也不溜,不像妹妹那么伶牙俐齿,不满三岁就会数落人。北方老式房子门槛高,她动辄往门槛上一坐,朗声宣布:"二姑娘要骂人啦!""二姑娘"是何妈对她的称呼。何妈称我为"大小姐",有次来客人问我叫什么名字,我笑眯眯地答"我叫大小姐"。客人走后父亲对母亲道:"以后都叫名字。什么大小姐!都给叫傻了。"那时我和妹妹都不叫现在的名字,我叫爱珠,外祖父给取的名,取爱如掌珠之意,大人们都称我为珠儿。我们在北京搬过三次家,用过三个女佣,她们都叫我小名。

二姑娘数落人从父亲开始,说他连关公爸爸的名字都不知道。再说妈妈不会画美人,姐姐动了她的洋娃娃。说着扑上来抓住姐姐的手腕就咬,我站在那儿愣愣地不知怎么办,妈妈把她拉开。她大哭起来,又说要画美人,既然爸妈画的都不对,就得姐姐画。姐姐画的美人像用火柴棍搭起来的,一条直线是腿,另一条直线是手臂,几条直线便完成,任谁看也不像美人。但是妹妹觉得像,已经破涕为笑。

家里客人一直很多,叔叔伯伯的叫不完,节庆之日,圆形的大餐桌坐得满满。伯伯们看上去各个气宇轩昂,几个叔叔还在大学读书,都是九一八事变后逃到北京的东北青年。他们每来必到父亲书房,关上门一谈就没完。我不知他们谈啥,只觉等得不耐烦。叔叔伯伯们都喜欢我,常会摸着我的头顶说:"珠儿这孩子敦厚。"

最疼我的是一位赵伯伯。东北人称伯父为大爷。我叫他为赵大爷。父亲与赵大爷为中学时代的同班死党铁哥们儿,年纪虽然差了四岁,却一直是至交中的至交,因两家都姓赵,赵大爷叫我把"赵"字取消,简单而更亲近地叫大爷。大爷家住天津,在北京也有住处,常常到北京来会朋友,几个人一起听名角唱戏,吃馆子。他每次必给我带来大麻花、蜜饯和装在漂亮盒子里的洋糖(巧克力)等零食。

印象中大爷身形魁梧,浓眉大眼间有股豪侠之气。有次我和妈妈妹妹刚吃完晚饭,忽见大爷匆匆而来,对妈妈道:"弟妹快给珠儿穿衣服,今天演《樊江关》,晚了赶不上。"妈妈忙给我穿上大衣、棉靴,戴上顶端有个大绒球的毛线帽,打扮得颇像个不倒翁,欢天喜地地跟大爷走了。到了戏院,只见父亲也在座,问:"你怎么把她接来了!"大爷颇不以为然地反击:"珠儿爱看旦角戏,你怎么不带她来!""你太惯孩子了。"大爷笑眯眯地道:"干女儿嘛!"大爷说过,想认我做干女儿。无奈我的父母早有决定:他们的儿女,永远不拜干爹干娘,连大爷这样知近的朋友也不能例外。后来我曾为此暗自遗憾。

刚坐定,台上一位仙女般的"小媳妇"已经飘了上来,"她叫薛金莲。"大爷低声告我。我什么话也顾不得听,两眼就直勾勾地盯着台上的美人,只见她身披绣花衣衫,腰间挂着宝剑,头戴的五彩珠冠上还插了两只大羽毛,真是美得叫我喘不过气。后来才知道,《樊江关》又称《姑嫂比剑》,内容是说薛丁山的老婆樊梨花,和小姑薛金莲比剑的故事。

"七七事变"之前,我们便过着这样中产阶级和美的小日子。

那时我最大的秘密是常趴在大门缝里朝外望,看别的孩子背着书包上下学。父母看在眼里痛在心里,最后还是遂了我的愿,让我进入附近的小学,每天由女佣接送。但做学生不满两个月,就举家搭上开往天津的火车跟跄慌张外逃。

因知去天津必到大爷家,出发前我便开始兴奋。平时父亲每个月至少去天津一次,有两次还带了我去。大爷家住在英租界一栋白色的洋楼里,房间很多,门里有人守着。

大爷和大娘有两个孩子,都比我大好几岁,我称为大姐小哥。他们一家人都很疼我,大娘带我去吃西餐,还逛商场买玩具,使我回到北京后,总觉家里的菜不如西餐馆的奶油洋葱汤味道好。

全家去天津玩!我乐得半夜睡不着觉。次日天一毛亮母亲就唤我起床,我惊奇地发现,她没有穿每日必穿的旗袍,父亲也没像平常那样穿西装打领带,而是穿了一身买卖人的短衫短裤。我嘻嘻地笑了起来,正想说他们的模样好奇怪,却被严肃嘱咐:"有人问去天津做什么,要说去姑妈家。"

一位在大学读书的王叔叔,雇了三辆洋车来接我们,"街上还算平静。不过路口上有日本兵。"他表情沉重地说。

还是照老样子,母亲怀抱妹妹,我坐在父亲的腿上,王叔叔替我们带着两只小箱子,拉起车篷奔向车站。那时我已懵懵懂懂地有了一点概念,知道发生了大事情。是朱老师说的:"小日本来打我们了。"远远地看到穿着军服的兵士,感到惧怕。

这次和以前完全不一样了,站台上挤满提箱携袋的人,但异常寂静,显然是不敢吱声。我紧握住母亲的手,父亲抱着妹妹,王叔叔提两只箱子在前面开道,仍是寸步难行。挤了许久,父亲才把母亲和妹妹送上火车,找了位子坐下,然后打开车窗,接过王叔叔举在手上的我。王叔叔自己并没上车。我悄悄地问父亲:王叔叔为什么不跟我们去天津?父亲立刻用眼色止住我,低声道:"王叔叔要上学,他不去。"过了一会我又忍不住悄声问:"我们不再回家了吗?王妈等着我们吗?""我们过些天就回来。叫你别说话,怎么问个没完!"

王妈也是跟我关系密切的人,每天清晨父母和妹妹还没起床,我已经爬起来蹿到王妈屋里,她给我洗脸梳头,冲奶粉煮鸡蛋,从胡同口摊子上买来刚出锅的油饼,我就坐在专用的小桌前,看着窗外的日光树影大嚼早餐。院子里花木繁多,我多叫不出名,身量太矮,也无法攀折,有天午后王妈塞给我一朵好大的向日葵:"这好吃,瞧,葵瓜子哦!"她说着嗑了枚瓜子喂在我的嘴里。葵花上居然长着瓜子!对我无疑是出乎想象的新发现。那天下午什么淘气的事也没干,就聚精会神地一粒粒地对付那些瓜子。后来我去上学,王妈每天接送,牵着我的手走过长长的胡同。

临别时母亲说:"叫你儿子赶辆车来,把有用的东西全拉去。"王妈点点头眼泪却流下来,"我舍不得珠儿。"她看着我说。见王妈流泪,我一把抓住她的衣服,激动地叫起来:"我要王妈也去!"

火车终于开动,像一只气喘咻咻的病牛,走几步便停下来,没人知道何时再开。深秋九月,车厢里燠热得仿佛要爆炸,逃命的人塞满每寸空间。铁道边站着排列整齐的日本军队,刺刀在阳光下闪亮。日本兵随时上来搜查抗日分子。隔几个位子的一个胖老头热死了,他的家人在哭,只听有人道:"不要哭!日本兵知道要扣车的。大伙倒霉。"另有人说:"把手帕蒙在他脸上,弄成睡觉的样子。唉!"那家人果然不哭了,车内立刻沉静下来,只有我的妹妹渴得隔一会咿咿叫上两声。带的饮水喝完了,父亲要越过人群下车去买水,我用力抱住他一条腿,说死说活都不让他下去。因我直觉地认为,他就是日本兵要找的抗日分子。恐惧的滋味使我在刹那间长大,懂得了人间其实并不像我以为的那么和顺美好。

走走停停,终于到了天津站。仿佛到了另一个世界,全车人都松了一口气。大爷的司机锁子已等候多时,他说:"我们老爷着急得很哪!"

白楼一共三层,大爷一家住一楼,三楼有间大厅摆了张大桌子,四边摆着靠背椅。另有两个卧房,都空着没人住,父亲带我去的那两次,都是头天去次日归,就住在有天窗、躺在床上能看到星星的那间。每次父亲都把我先安置在床上,叫我:"乖乖睡觉。我去跟大爷说会儿话。"接着就听到大爷跟好几个人进了大厅,父亲和他们不知聊些什么,我望着星星便入了梦。

到达时大爷和大娘迎在门厅里,见到我们一家不胜喜悦,大爷说:"两个小时的车程。整整走了一天一夜。""能到就是万幸!"父亲把路上的情况说了一些。大爷摸摸我的头,道:"怕了吧?外面乱,别出去,你看天井里还有滑梯呢!你大姐小哥放学回来会带你玩。记住,别出去。""我就在院子里玩,妈妈说外面有拐小孩的。我不出去。"大爷对我的答话异常满意,赞我是"听话的乖孩子"。

我们一家人被安排在二楼的套间里。二楼共两个套间,另间住着一对丁姓夫妇,大姐小哥称他们为舅舅、舅母。妈妈命我也跟着这么叫。总之,一昼夜间我的生活整个变了样,没了满是花果的四合院,没了王妈和朱老师,却有了一堆新的亲人,有滑梯和喷水池的天井,尤其让我喜欢的,是客厅里的壁炉。我并不知壁炉是用来生火取暖的,当天就和妹妹扮起家家来,两人面对面地坐在壁炉里。

"我非跑这一趟不可。你就带着孩子跟着田夫妇吧!有照顾,我办完事就回来。"

"你别担心,这里是英租界,我们跟着大哥大嫂很安全。你倒是注意自己,快些回来。"

"我知道,你别担心。"

我听着父母的谈话,迷迷糊糊地睡着了。次日醒来,母亲对我幽幽地说:"你爸已经去南京了。"

我不知南京在哪里,父亲突然离去令我茫然,愣了半天才问:"爸爸怎么不带我们?"

"你爸有事,不能带。你可不许出大门啊!"妈妈把她嘱咐了好几遍的话又重复一遍。

其实大门有老徐看守,总紧关着,没他打开谁也出不去。我每天就楼上楼下地跑来跑去,有时和妹妹扮家家,有时站在客厅的阳台上朝下看天井,那天正站在喷水池旁呆望,一抬头见大爷对着我笑:"看什么呢?""看喷出来的水。""哦!好看吗?""好看。亮亮的,像玻璃。""像玻璃!

唉！你是待得闷了。"大爷牵我到他的家里,对大娘说:"把小丫头给闷坏了。"说着把我带到书房,他坐在书桌前,给我几张纸一支铅笔:"大爷做事,你画画。"我趴在一边的椅子上,写着人、手、足、刀、尺之类我会的字。"还会写字哦!""我还会背诗,妈妈教的。""还会背诗哪！背给大爷听听。"大爷停下正在写字的笔,满脸笑意地看着我。我一点也不扭捏,立刻朗声背道:"一去二三里,烟村四五家。亭台六七座,八九十枝花。"大爷直说"不错"。大娘要我留下吃晚饭,我装成大人的模样辞谢:"不要客气,妈妈在家等呢！"大爷和大娘都笑起来,说:"这孩子有规矩。"

从此我便常常到楼下去找大爷,他总是笑眯眯地欢迎我:"呦！珠儿来啦！"多半在书房里,他坐在书桌前,我趴在一边的椅子上又写又画。我发现,不单我不许出大门,这门里的大人们也不出去。没见大爷出去过,有天我忍不住要求:"大爷带我去看戏！""大爷忙,不能带你去看戏！"他拒绝得好干脆。来访大爷的客人是真不少,北京的王叔叔也来过。有两次忽地冒出一群,足有十来个人,他们在三楼的大厅里嘀嘀咕咕的,没完没了地不知说什么。锁子坐在楼梯口,任谁也不许上去。那一阵子我心里好纳闷:

这么多叔叔伯伯聚会,为何独缺我的父亲,父亲到底去了哪儿?怎么这样久不回家?我把这话问妈妈,她答"你爸会回来的",竟流起眼泪。把同样的话问大爷,他立时没了笑容,淡淡地道:"就快回来了。"

有位女中医陈大姑,在北京时曾数次来我家,父母和他们的朋友谈起她时,都不忘提她的业师施今墨是北京四大名医之首。陈大姑戴着瓶底厚的近视眼镜,穿着没有腰身的长袍,带着一大坛子名牌黄豆酱,到天津来看大爷和大娘。锁子有力气,把酱坛子扛在肩膀上,一口气奔上三楼大厅,陈大姑和大爷大娘跟着上去,我像条尾巴似的,紧随在后。

我看到陈大姑用小刀慢慢撬开黏在坛口上的油布,然后和锁子小心翼翼地,把盛着酱的油布抬出丢在旁边的盆子里,又掏出一些油布棉花之类,"你看看吧!"陈大姑对大爷说。我想坛子里一定有好玩的东西,连忙伸长脑袋瓜去探望,不料大爷拉过我,说:"珠儿回家去,大爷今天不能跟你玩。"他一点笑容也没有,我只好独自讪讪地下楼回家。坛子里的东西我已看得很清楚,但认不出那是什么。直到数年之后在重庆,老师给讲解"武器"二字,把一张相关的图解挂在黑板上,其中有一种叫手枪,使我猛然记起在酱坛子里看到的东西。原来那是手枪,而且不止一把。

那一阵子白楼里的气氛沉郁,妈妈常常暗自流泪,叔叔伯伯们来访大爷,频频提到父亲的名字,还说什么"大沽口""日本人",等等。我听不懂他们在说什么,但能感觉到发生了大事。有天和妹妹在楼梯旁玩扮家家,忽听有人急促地跑上楼来。那人穿件灰布长袍,头发蓬乱满腮胡楂儿,黄瘦的脸上白眼球泛红。再仔细一看,不由得大叫:"爸爸!"

整个白楼轰动了。大爷大娘,丁家舅舅和舅母,还有从北京来的两位叔叔都来到我家。大爷说:"我派人打探,带回的消息都不乐观。能回来太好了!"父亲叙述:到大沽口,日本军队知道乘客中有抗日分子,便以船上有人生霍乱为借口,扣住不准进港口。还说为了阻止传染病流行,也许得放火烧船。足足在大沽口扣了二十一天。因英国人帮助交涉,最后由几位英国医生陪同,逐一检查了全船乘客,证明并无霍乱或其他传染病,日本人再找不出别的迫害理由,才放行的。

父亲脱险归来的一个月后,我们全家登上开往香港的轮船,送行的只有大爷和锁子。锁子帮拿行李,大爷牵着我的手走上舢板。舢板尽头和上船处隔有几寸宽的空隙,朝下一望是汹涌的海水,我惧怕得不敢迈步。大爷用双手托在我的腋下,一下子把我放在船上。临别时我紧紧地抓住大爷的手问:"大爷,你不跟我们一块儿坐大船吗?"大爷摸着我的头笑道:"你大娘和大姐小哥在家等我呢!大爷不能跟你坐大船。""叫大娘和大姐小哥一块儿嘛!"我急切地说。大爷叹了口气:"唉!傻孩子啊!跟你爸妈去南方吧!再见大爷时你就是大姑娘了。"母亲在一旁道:"你大爷多疼你啊!给大爷行个礼,说再见。"我垂下双手,恭敬地行了一个礼说:"大爷再见。"

大爷与爸妈互道珍重后终于离去,我踮起脚跟翘首张望,直到他高大的身影在人群中消失。

我并没有再见到大爷,他没有看到我长成大姑娘的样子,因为在我们离开天津的次年,他就被日本宪兵逮捕,因坚决拒供而被杀害。

与大爷相熟时我是幼童年纪,除了感觉他疼我惯我,渴望跟在他身边,有关他是什么样的人及其他一切,全不懂不知。我记得明确而深刻的,是在他那儿得到的温暖、快乐和浓眉大眼间的慈爱笑容。后来随着自己的成长,才明了一些大爷的生平背景和所作所为,知道他的死也是在多年之后。

原来那栋白楼是"抗日协会驻天津办事处",来往进出的叔叔伯伯,包括陈大姑、锁子、王叔叔、丁家舅舅等全是抗日地下工作者。大爷的头衔是办事处主任,职责是统领华北、东北地下抗日。我的父亲是抗日协会的第三组组长。抗日协会在上海成立,后迁南京,直属当时的国民党总部。大爷留学日本,工科毕业。办过造纸厂,平日以实业家的姿态出现,家庭幸福,生活优裕,却选择为国家献出生命。那位把我从窗子递进火车的王叔叔,也于1941年被日本侵略者残酷杀害,死时才二十九岁。

七十余年过去了,今天的世界早是另一番面貌,各处的中国人大都过得安和乐利,但我并没完全忘记那个苦难而特殊的年代,和那个时代中不平凡的人与事。如今已届耄耋之龄,偶然仍会忆起这些属于我童年的人物,亦仍有说不尽的缅怀与惆怅。多年前,经我父亲极度努力,终于把大爷的灵牌送进了位于台北的忠烈祠。但王叔叔却被拒于门外,英雄无名,令人慨叹!

有天我忽生好奇之心,想知道大陆方面可有什么关于大爷的记载。结果查到《二十世纪人物大辞典》《哈尔滨市人民政府地方志》《中国留学生大辞典》等都有大爷的资料。其中以河北人民出版社 2007 年出版的《民国人物大辞典》记载得最简单明了:

赵景龙,字在田,黑龙江巴彦人,1900 年(清光绪二十六年)生。幼年在乡读书。及长,赴日本留学,入大阪高等工业学校,1929 年毕业。归国后集资在桦甸创办东北造纸厂。1931 年九一八事变,领导桦甸造纸厂警卫员工,组织地方民团,创立东北民众义勇军。后联络盖文华等在哈尔滨组织东北民众救国义勇军政治委员会,策动东北民众抵抗日军。旋东北民众抗日协会成立于上海,负责策动黑龙江全省民众抗日,继任该会天津办事处主任。1938 年,国民党中央调整东北党务工作,将东北党务办事处由重庆迁天津,被派任该处执行委员会委员。1939 年 12 月 19 日,在天津马厂道安乐村被日本宪兵队逮捕。1940 年 2 月 24 日,被害于吉林日本宪兵队本部。年四十岁。

闲话文坛

东北文坛三老和一张相片

这儿所说的东北文坛三老,指的是萧军、骆宾基和端木蕻良。其实东北是个出作家的地方,30年代即有"东北作家群"之说。但岁月如驰,文坛多灾,一直坚持到底,写到衰老病弱得拿不动笔,"熬"到人生最后一刻,名气也最响亮的,当推萧、骆、端木三位。称他们为东北文坛大佬应不为过。

当然,这三位大佬的成就绝不只限于东北地区,他们都是著作等身,早在青年时代就名传中国大地的人物。萧军的《八月的乡村》,骆宾基的《边陲线上》,端木蕻良的《大地的海》《科尔沁旗草原》,都是当时震动文坛的作品。他们的成就甚至已超越国界。

三位大佬的相同之处甚多:皆是因九一八日本侵华事

件而远离故乡、浪迹天涯的东北人,皆是少年得志名满文坛的俊彦,也都是鲁迅的崇拜者、追随者,思想上十分前进的共产主义认同者。而最相同、最使三人关系密不可分、纠纠缠缠一辈子、情仇恩怨搞不清的,是这三个男人都爱过同一个女人:女作家萧红。

萧红是中国文学天空上的一颗流星,光辉四射,亮得逼人眼目,可惜红颜薄命,三十一岁的花样年华便弃世而去。虽留下许多不朽的作品,终其一生,却总在受感情与生活的煎熬。对于像萧红那样一个文学女人来说,爱情比面包更重要。真使她受不了、身心历尽劫难、最后含恨而终的是爱情。她的爱情,恰好与这三个杰出的文学男人密切相关。

萧红首先与萧军邂逅于患难之中,萧军以他天不怕地不怕的粗犷性格,救这位柔弱的苦命才女于绝境,从此缘起而情生。两人共同生活近七年,甜蜜过也懊恼过,波涛迭起,双方也曾努力拯救过渐渐冷却的情,但最后萧红还是投向了风流倜傥的端木蕻良的怀抱。萧军虽自诩洒脱,认为与萧红因缘尽而分手,并说萧红是个好"战友"和成功的作家,但不适合做妻子,尤其不适合做他的妻子,因此并不惋惜她的离去。然而从他后来的表现看来,对这件事他是相当耿耿于怀的。

萧军对端木蕻良的态度是不理不睬,老死不相往来。他文章中的D.M便是端木的代名词,亦是种种不良人性的象征。中国男人,特别是性格刚倔火爆的东北男人,杀父之仇夺妻之恨的观念可谓根深蒂固。所以不单萧军本人对端木蕻良不能原谅,便是东北文艺圈中的同辈朋友,亦多对端木不很谅解。对此我早有耳闻,再从老一辈的东北作家与端木来往得并不热络的情形看来,似乎颇有可信之处。

1938年,日本兵入侵华中,端木蕻良置怀孕的萧红于战火威胁的武汉于不顾,只身乘船逃难到重庆,也是大家对他诟病、批评他寡情寡义的原因之一。1941年萧红病故于香港,骆宾基在他所著的《萧红传》中,用"C"代表他自己(张是骆宾基的本姓),"T"代表端木蕻良,把他们三人间的错综关系,萧红对人世最后的感怀,端木的为人行事,都作了详尽的描写。

那时的骆宾基是个初闯文坛的流浪青年,因失乡失业而去投奔做杂志主编的端木蕻良。恰遇端木的夫人萧红病重住院,他便代替了那不太尽责的丈夫,不分昼夜地陪伴照顾,直到她逝世,相处的时间总共四十四天。这短短的日子,是骆宾基生命里的美的最高点。他所崇拜的女作家萧红,在日本军队占领中的香港,在贫病交加、医药罔效的人生最后一刻,接受了他的爱情,答应他:如果病能痊愈,将与他结婚,长相厮守。

端木蕻良对骆宾基的说法嗤之以鼻,绝对否认萧红对骆产生爱情,就更别提要嫁给他了。我曾以此询问端木,他淡笑着道:"哪有这回事呢!"

三位文学男人之间的关系,便是如此错综复杂。萧红已死去半个世纪,他们自身也已白发苍苍,历尽人间风雨,可这个心结就是打不开。大陆的文友们把这事传为趣谈,有人说他们是"终生情敌",吃的是"陈年老醋",也有好心的文友告诉我:"在萧军和骆宾基的面前,不要说与端木蕻良来往,他们是不见面、不交谈、行不同车食不同席,势不两立的哦!"

大家之所以跟我谈起这话,主要是知道我与三位老作家都有往还,也都尊敬。他们对我这个远在海外的文坛同乡后辈,也都很善视、重视。我自然很谨慎知趣地不去触碰敏感话题,以免造成尴尬的局面。但是,我却和他们三人合照过一张相片。大陆很多文友感到好奇,搞不懂我怎么会与他们三位同时合影。吉林大学的卢湘教授在他的《海外文星》中道:"能把萧军、骆宾基,特别还有端木蕻良先生摄在一个镜头里,这在中国文艺史上是见所未见,几乎也不可能。"这张照片被视为一个奇迹,也被认为是中国文学史上的一片花絮。

1982年的春夏之交,我以一个华侨的私人身份,踏上阔别三十三年的神州大地,探望年迈的叔父姑母和远在山海关外的故乡。离开大陆时我还是个十几岁的中学生,如今成了作家回去,叔叔与我就作家的话题闲谈,说起他与萧军是旧交,并称赞萧为人义气、有胆识、敢言。说罢便带我到萧家去拜访。原来他们是邻居,只隔着一条胡同。萧军短小精干,虽已须发如霜,看上去仍精力充沛。他与他夫人都很热情友善。叔叔说这是同乡长辈,要叫"伯伯"。于是我便称以"萧伯伯"。相见甚欢。过了数日叔叔又请他们来家里吃饭。那个初夏的夜晚清风徐来,在小小的庭院里边吃边说,薄酌一杯。萧军谈兴豪放,说了许多我所不知道的文坛掌故,直到月亮上升才告辞。

1983年大陆开始出版我的书,萧军还给我写了短短的序。于是其他的东北老作家们开始打听了:"这个赵淑侠是何许人啊?东北有个女作家在国外?"东北人乡土观念浓,对我这同乡文坛后进并不忽视,先先后后地,惜墨如金的端木蕻良等都作文推介。骆宾基自己虽没写什么,但把我的作品寄给他的朋友,叫他们要"认识"这个同乡的旅欧女作家。这期间,他们与我都有书信往来。

1986年,全国作协与友谊出版公司联合具名邀我回去访问,并问我都想见到哪些人。我答复说:曹禺、沈从文、冰心等几位我童年时代就熟知的作家,是想见的。此外,萧军、端木蕻良、骆宾基三位东北文宿更是非见不可。

那时王蒙正任文化部部长,到达的当晚他在"全聚德"设宴接风。席间与大家谈起,才知要把萧、骆、端木三位同时请到一个场合并非易事。在座文友那时都还算中生代,如邓友梅、张洁、从维熙、鲍昌及陈明仙等,多属能言善道出语幽默之辈。忘了是谁说:"以前三个人是谁也不理谁,现在萧骆两位已尽释前嫌,来往得很好。不过对端木的疙瘩还是解不开。"负责接待筹划的作协书记邓友梅道:"反正三位都通知了,也都说明了另两位要来。到时分头派车去接。他们是否都会到倒不敢说。"

第二天下午在作协开欢迎茶会,老中青三代作家来了不少人,萧军、骆宾基、端木蕻良也笑容满面地来了。会场里气氛和谐,为了敬老尊贤,几位老作家被安排在上座。每位也都发言讲话,出语亲切诚恳,两小时的茶会旋即结束,手持照相机的朋友已等在那儿。三位老文学男人一见瞄准的镜头,本来走路很艰难的腿脚,仿佛一下子就灵活了起来,颇有欲插翅飞去之态。这情形令我不免有些心慌,因为在到达北京之前,我就希望能和他们三位合照一张相的。

"萧伯伯,我大老远回来,你们几位前辈都不跟我合个影作为纪念吗?"我对正要往外走的萧军像说笑话似的说。同时询问似的看看他背后正拄着手杖慢吞吞迈步的端木蕻良和骆宾基。萧军顿了一下,和善地道:"那就照吧!"他说着便随我回到长沙发上坐定。骆宾基也道:"淑侠远道回来一趟不容易,咱们应该合影留念。"言罢他已动作快速地坐在我的左手边。

我想,当时萧、骆以及在场的人,都认为端木不会参与合影了。事实上,在我说"端木乡长,坐下来一起照相嘛"

时,一点信心也没有。但谁也没料到,端木蕻良声也没出,便笑眯眯地紧靠着骆宾基坐下了。一时众人大乐,纷纷上来凑趣,挤在沙发上合影。

相片洗出来,端木蕻良与骆宾基并肩而坐,状至亲密,真正的情况却是,萧军和骆宾基从头到尾就没与端木蕻良交谈过一句。因为这张相片是在如此特殊情况下,将三位爱过萧红的"终生情敌",凑合在一个镜头里,所以被文艺界认为是奇迹。早有文友对我建议:"待三老都过世后,你应把这段逸事写下来,给文坛留个数据。"

我也忘了贺敬之那时是什么职位,在后来的餐宴上,他还为此特别向我敬酒,说:"我们都做不到的事你做到了,要说声谢谢!"

那以后我与这三位东北文宿都有往还,尽管有不少人在文章中批评他们,特别是端木蕻良,"阴险冷酷的负心汉"的恶名,像已定案般地难以洗刷掉。但我的印象却是,三位文坛老将虽在处世行事的表现上各有风格,迥然相异,但都是善良的性情中人。

萧军在外观上看来粗犷刚烈,说话直来直往,内里面却有一颗十分慈祥柔软的心。他的直言和好打抱不平,使他成为最早被批斗的作家。而在他自身生活都陷于艰困的苦难年代,仍肯暗中帮助境况更不如他的人。

骆宾基看上去形容枯槁面目黧黑,他的外形使我联想到为传道沥血、天涯独荡的苦行僧。骆长年疾病缠身,全家挤在一间狭小的公寓里,别人都想尽门路换大屋,他却悠然无所动,只每天伏在书桌上,孜孜不倦地写他的金文考据文稿。

病逝于台湾的30年代作家孙陵,曾写文章把他和端木蕻良贬得丑恶不堪。然而骆宾基曾向我打听他的老友孙陵近况。我答孙早故去了。他闻之竟神态黯然,感叹道:"我们的方向不同,可那是个好朋友,在我走投无路时他帮了我。你回台湾若见到他的妻女,代我致候。"

与萧军和骆宾基相比,端木蕻良很明显地属于另一个典型,他较萧骆两人细致,外貌也比他们潇洒英挺,有诗人和艺术家那种文采风流的气质。男女两人间的私事,本无绝对的是非可评断。关于萧军、端木蕻良、骆宾基三人与萧红间的错综关系,亦非三言两语可说得清楚的。我只看端木蕻良在几十年中,无论外界怎样贬骂,他都泰然自若,不为自己辩解一句,便觉得他是位谦谦君子,非常有绅士风范。萧军生癌症住院,当医生宣布已无治愈的可能时,端木曾经拖着病弱的身体去探视,把五六十年解不开的死结打开。这件事很令人感动,也证明端木不是冷酷无情之人。

至于为何与萧红之间的关系变得那么糟,我判断起因不外"文学女人"碰到了"文学男人"。执着于文学创作者,无分男女,多半自我意识很强。在日常生活琐碎上,由于工作的关系,又往往需要一片"绿叶"来相辅。两朵无叶的"红花"挤在一个瓶里,各人都觉得自己和自己的创作更重要,日子久了难免要磨损爱情。要做布朗宁那个境界的文学夫妻并不容易,遍观古今文坛,能列举的名字寥寥可数。

说穿了,萧军和端木蕻良这萧红先后的两个丈夫,都与她相处不睦、热情趋冷、情海生变,实在因为他们只需要妻子,并不需要才女。萧红渴望的亦是个能体贴她,照顾她,爱她的丈夫。她天生是"红花"的材料,如果那另一半不能起点绿叶的作用,甚至硬要她化为"绿叶"来配合,那么,纵然他具江海才华,这个婚姻也是要失败的。

世间事原本离不开个理字,唯有在男女关系上,常常无理可讲,其中是非恩怨只有当事人才知晓。说不定连本人也茫茫然说不清。

对于作者来说,最重要的财产自然是作品。但想起以我个人薄弱的力量,能把他们凑合在一张相片里,给文坛添一点小小的佳话,也感到是引以为慰并值得记一笔的好事。

独行天涯闯文坛

"赵淑侠,一位在海外华文文坛上驰骋数十年的独行侠,在两岸文学界原无任何渊源,既非文学院系的科班出身,又没文坛显赫人物给予提携吹捧,也不属于文学界的任何圈子,仅凭自己的毅力、努力和打拼,独闯出了一片天地,并且成为欧华文文坛的盟主,这不能不说是文学界的异数。"这是《海外华文文学史》的主编,汕头大学海外华文文学研究所原主任陈贤茂教授,在最近一篇文章中,对我的评语。似乎太溢美,但亦有相当的写实性。写作是我的终生事业,我视之神圣而尊贵,但说穿了也不过是个职业。偶尔我也会静下来,回首来时路,细细检视,深深追忆,竟是悲喜难分感慨万端。赫然发现,文学创作对我不仅是工作或爱好,而是伴我成长,助我坚强,扶持着我度过人生困境,给我跌倒又起的勇气的一股力量。

抗战时期我家住在四川重庆市郊的小镇沙坪坝,那时生活艰苦,物资缺乏,孩子们既无玩具也无今天所谓的儿童读物,我最有趣的"游戏"便是蹲到书店摆书的大桌子下看白书。我那时看书不知选择也不懂好坏,不管什么书一概翻开就看,最喜欢的是剧本,曹禺、郭沫若、吴祖光的剧本曾一本不漏地读过,以至最早梦想过当演员。后来又觉得还是诗人最潇洒,何不写诗?最后又改了主意,认为不如当记者。在四川由童年到少年期那七八年,我便是这么懵懵懂懂地做着白日梦过去的。以写作作为终生职业的念头,可说从那时就萌生了。

文学创作给我的启发确实够早,在我记忆的录像里亦从来没有像许多小女孩有过的,手抱洋娃娃摇啊哼啊的画面。那时我最大的乐趣仿佛就是看闲书,最大的苦闷是觉得无人了解。父亲望女成凤心切,对我沉迷于课外闲书如此之深十分头疼,后来听说我在代数课时偷看小说,更是恼怒不已。他曾希望我成为一个女医师或是金融专才,我却使他成为一个失望的缘木求鱼者。在我的一生中,每思及此总觉得愧对父亲。

那年,我迷迷糊糊地便升到初中二年级。长得黄皮寡瘦,个头也不高,年龄不足十三,心里的志向倒很大:决心做诗人。觉得诗人纯洁得如阳春白雪,不沾人间烟火,潇洒,脱俗,深刻,代表人间一切的美好和超凡,而那恰巧是我要追求的。何况我是中文老师最喜爱的学生,作文比赛得过冠军,这样的人不写诗岂非糟蹋材料,于是我便写起诗来。

小镇依傍着长江的支流嘉陵江,岸滩上是白花花的鹅卵石。我坐在高处的大石上,看着悠然打着漩涡的缓缓长流和水般蔚蓝的天空,颇觉自己诗性汹涌。我的大衣口袋里有个小本子,上面写了些自作的诗,新诗是一首接着一首:我所崇拜的大诗人徐志摩不就是写新诗的吗! 不懂平仄旧诗也照写。有次教国文的安老师看到,还说很有诗意,我听了大为感动。

校园的长廊下挂着一张墙报,是高年级同学办的,每个月换一次版面。执笔者皆是校中的风云人物,那些作者的名字对我来说,是伟大且值得羡慕的。我自然也起过念头,将小本子上的诗作选一两首去尝试投稿,唯自惭班次太低也欠风云,恐怕没资格做这神圣又冒险的举动。犹疑矛盾了好几日,那天见四外无人,终于壮着胆子,把早准备好的一篇诗稿,丢进了墙报旁的投稿箱。

从此以后就天天计算日子,真希望一个月快快过去,待下期新墙报出刊,我那诗稿的下落便知分晓。时间过得空前地慢,夜以继日的企盼中,新墙报出刊了。我努力地克制着心慌,假装闲来无事的姿态踱到墙报前,举目一望,着实吓了一跳。我的那首歌颂嘉陵江的诗,竟然白纸黑字地登上来了,而且就在报头下面最显著的位置。我激动得五内震荡,以为世界性的大文豪已经诞生,接连着好几天,一下课就跑到墙报前对其痴望。

第一次投稿的经验,便是如此的幼稚可笑。那以后我却并未往写诗的路上走,而且很快地就转了向,原因是迷恋上中国和西方的翻译小说。特别是张恨水有部叫《春明外史》的长篇小说,主角叫杨杏园,是个记者,使我大大倾倒,认为他才是潇洒中的潇洒。于是改变初衷,不做诗人要做记者。到了这个阶段,小本子写的已不是诗,而是采访或报道式的叙事之作。文体已变,没变的是狂热和幼稚。

写作与我关系的密切难以言喻。在一段段已成历史的朦胧画面里,我看到不足二十岁的自己,窝在屋子的一角振笔疾书,写一本二十万字的小说,主角是个海盗。生涩的文笔加上荒唐的内容,自然无处刊登,但这部不成熟的作品为我争取到生平第一个职业:报上的电台征才广告里,申明要个国语纯熟、笔下能写,可以担任播音兼编辑的职员,我便拿着二十万字的小说稿子去了。主考官耐心地看,很是怀疑眼前这个白净又纤细的女孩,能写出这么一大堆东西。为了要验明正身,当场叫我写篇自传,对比之下笔迹相同。于是我就在众多的竞争者中脱颖而出,成为唯一被录取的人。

青年时代走得坎坷,写作的路亦未贯彻,换过数个职业,结果成了一个有完整专业训练的、领了执照的美术设计师。在欧洲高水平的美术设计界,觅得一份不错的工作,每天与颜色为伍。我做得很是得心应手,还得过奖,但是心中仍常怀惆怅,原因是总难忘情与文学的缘分。那时美国的台湾留学生中,已有人以海外华人为题材创作文艺作品。留学生活的甘苦,语言和课业、亲情、婚姻、思乡、经济艰困,等等。各方各面的问题,挫折与无奈,都是写作的好材料。这类作品非常受欢迎,海外作家亦愈来愈多,造成一时的文学创作潮流,被称为"留学生文艺"。

当"留学生文艺"在美国和中国台湾,发展得如火如荼的时候,欧洲还是"白茫茫一片大地真干净"。我也动念写欧洲题材的"留学生文艺",只因太忙无暇执笔,落得空自兴叹。但仍在公余之暇抢时间也要写点小块文章。旅行的国家不少,把所见所闻写成游记,寄给台北《自由谈》杂志去发表。倒也还受读者喜爱,总计约写了二十万字。唯以今天的眼光看,这些游记不够成熟,也算不得是文学,因此从未有付诸出版的打算。

一般涉及我的文评,多认为我的第一个长篇小说是《我们的歌》。其实不是的,我的第一个长篇创作是《落第》,而且在所有的短篇小说之前。

《落第》的原名叫《韶华不为少年留》,是我专业创作开始的第一部作品。这部作品中我选择了以青少年问题为经,家庭伦理为纬。青少年问题一直是我关注的,想用小说的形式,让读者看到:人的一生节节相连,像是一盘棋子,一步走错可能满盘皆错,一个小小的单元事件,说不定会扩大到影响人的一生。

写《韶华不为少年留》用了近两年时间。内容是通过一个爱情故事,描写青少年的家庭教育的弊端,以及社会心理、伦理道德和人性的愚昧。写完便毛遂自荐地寄给台湾一家文艺刊物。结果是石沉大海,连封回信都没有。几个月后,却见《韶华不为少年留》中的一些情节与对话,陆续出现在一位与那刊物渊源甚深的、专写流行小说的女作家的新连载的小说中。

这个打击对我够大,也让我震惊于文艺圈的黑暗:一个对文坛陌生,也不认识任何文学界人物的新手,仅凭自己的努力就想登上文坛,竟是如此艰难。那时不懂做复印,五十几万字的手写原稿全握在对方手里,对方有名,自己不单无名,文坛的门槛儿何在都没摸着,作品被剽窃,连说理的可能都没有。后来我辗转托人去问那稿子下落,由我妹妹赵淑敏给取了回来,使它避免被当成废纸丢进字纸篓的命运,已经是十个月之后。但这时我的创作热情,非写不可的意志,已不是任何挫折能打倒的,长篇不行,就写短篇。胸中块垒太多,题材俯拾皆是,第一个短篇是《王博士的巴黎假期》,寄到台湾的某报副刊,主编蔡文甫先生很快地在副刊上给发表,并回信说欢迎我继续投稿。

真正专业写作是自 1970 年始,从那时到 1980 年底,是出产最多的阶段。在欧洲瑞士的一个叫紫枫园的院子里,不分春夏秋冬,二楼书房的灯光总在亮着,家人早入梦乡,只有我顺着格子慢慢地爬。胸中多少波涛,个中的忧伤愁苦和无奈,化为文字娓娓述出。在寂静得世界仿佛已经远遁的深宵里,伴着我的是纸、笔,和似真似幻、有悲有喜、缭绕不绝如缕的文思。

孩子们小的时候,我总是清晨五点即起,一杯咖啡下肚,提笔就写,他们起床前已写了两个小时,白天一整天带孩子、采买、做家务,晚上还要熬夜写上一阵。从那时起连续二十年,我的笔便没停过。《当我们年轻时》《西窗一夜雨》《塞纳河之王》《庞提老爷的新屋》《异国之夜》等二十篇描写海外形形色色中国人悲喜的短篇小说,和多篇叙述异国生活和见闻的散文,先后在台湾、香港等地区和新加坡、美国等国不同报纸的副刊上发表,很受读者的欢迎。第一本短篇小说集是《西窗一夜雨》,1976年在台湾出版,第一本散文集是《紫枫园随笔》。接着台湾《中央日报》副刊主编邀我写长篇小说,于是我就动笔写《我们的歌》。

写《我们的歌》时,正值日本侵略钓鱼岛,台湾的留学生发起保钓运动之后不久。我虽没有参加运动,但心情激越而悲哀,不禁想起童年时所见的战争的可怕经历,忧患意识浓得化不开,民族思想很被启发,所以写《我们的歌》时,我凭积的是自然而真诚的感情,未刻意雕琢,避免咬文嚼字,只想凭着一腔真情,用合乎小说形式的组合,及典雅的文字,写这样一本书。我是这么急切地想把我的思想传达给读者。内容是描写一群远在异国生活的海外华人知识分子,他们的忧患,彷徨,辛酸,痛苦与欢乐,成功与失败,迷失与挣扎。洋洋洒洒地写了六十万字。在副刊上登载,从1979年4月初到1980年。连载一年多的时间里,读者回响之强烈,激起的震荡与共鸣,是我意料未及的。

在登载《我们的歌》的同时,我把长篇《韶华不为少年留》重写了一遍:前半部只是动动小手术,后半部则是必须重新改写,否则就变成了我抄袭别人。书名也改为《落第》。

从那时写到今天,终于走通了一些路:出版了三十余本小说、散文和三本德译小说。瑞士的大报之一《城区新闻报》用近一个月的时间连载我的中篇小说《翡翠戒指》(*Der Jadering*)。我也曾是瑞士全国作协的会员,国际笔会瑞士笔会中心的会员,瑞士亚洲文化研究会和德国柏林市作家协会,以及一些文学相关团体的会员。在这些组织里,我不单是唯一的华裔,也是唯一肤色不同的"外国"人,每当开会,坐在一群黄发碧眼群中,显得十分特殊。反对的声音当然是有的,但更多的是友善的支持和热情的接待,在一些西方文坛人士的眼睛里,我这个中国人是直爽宽厚不耍心机的,认为可以交作朋友,也正因此我才能够进入他们的圈子。

近来渐生怠倦之感。虽遗憾于代表作未能写出,却亦数度打算封笔,怪的是有封笔的念头,竟无封笔的行动,仍会难禁心血来潮,三不五时地写点小文,颇似要割舍一段已经死去的感情,理智上知道应该切断,情感上却拖拖拉拉,狠不下心,下不了手。

数十年时间弹指而过,回首来时路,有悲有喜,岁月催人。也许文学路并不如想象中那么平坦宽阔。可告慰于心的是,要走的人仍然络绎于途。

纳兰性德与曹雪芹

中华文化里有许多优美的东西,譬如说古典诗词。经过千年百年岁月的筛选与淘汰,如今我们得见的,都是最佳的精品,可惜去读的人并不多。余光中教授曾呼吁在校学子们要读古文,真是卓见。我在初中时代就喜爱诗词,读多了便能记住一些经典名句。而事实证明,对我这个非文学科班出身的文学工作者来说,此爱好在后来的写作生涯中获益匪浅。

虽说古典诗词的读者少,但情况亦有例外,有位距离现代已很久远的作家,或许称他为诗人更恰当些,至今仍有"粉丝"散布各处,据说光是北京一地就有六七千人。他们为他设立网站,冬天给做冥寿,初夏在祭日追忆亡灵,秋天要去故居欣赏海棠花,当春光明媚时,免不了要借他的名办郊游,在山巅水涯咏读他的作品,述说他的生平。他就是被称为清朝第一词家的纳兰性德。

清朝乾隆年间,《红楼梦》的初刻本已经出现。当时的军机大臣和珅,忙不迭地奉呈给乾隆皇帝,乾隆读后淡然说道:"此盖为明珠家事作也。"

"明珠"就是纳兰性德的父亲纳兰明珠,根据乾隆的这句话,道光年间的学者俞樾,在他所著的《小浮梅闲话》一书中,说纳兰性德就是贾宝玉的原型。后来研究《红楼梦》有此论调者,即由俞樾的说法而来。乾隆和俞樾的说法也非空穴来风,曹雪芹的祖父曹寅,曾与性德同任康熙皇帝的贴身侍卫八年,交谊深厚。因此有一臆测说法:曹雪芹幼年时"侍其祖父",听过有关纳兰家的故事,后来就写成小说《红楼梦》。这话说得仿佛有道理,不过曹雪芹1715年才出生,曹寅1712年就去世了,他是无缘"侍其祖父"的。

从乾隆说那句"明珠家事"的话开始,有关纳兰性德和《红楼梦》的关系就被讨论,后来考证出《红楼梦》的作者是曹雪芹,两人的名字更是常常被画上等号,多年以来讨论的文章甚多,直到今天仍是热门话题。有关他们的各种说法也是层出不穷。归纳起来,最主要的议题无非是,《红楼梦》是曹雪芹在写自传,还是用贾宝玉的名字,写纳兰性德的传记?

年前因我要动手写一本叫《凄情纳兰》,以纳兰性德为主角,讲述历史人物的传记性小说,因大事、年代、人物之间的关系等必得有依据,所以找了许多资料,足足看了好几个月。只"回廊"一项就把我折腾个够。

小说的主人公日日夜夜不忘回廊:"曾是向他春梦里,瞥遇回廊""回廊一寸相思地""到更深、迷离醉影,残灯相伴,依旧回廊新月在""犹记回廊影里誓三生"……我总得摸清那回廊到底是何等模样。

虽然《红楼梦》是我读过多遍的一本小说,却没研究过纳兰性德与作者曹雪芹的异同之处,而且觉得近年来研究"红学"的风气太过,甚至有点走火入魔,便没去跟着凑热闹。粗浅的印象是,两位人物都是才子,作品都流芳百世,也都活得相当的不快乐。

但这次从看过的数据中,我不得不承认曹雪芹写《红楼梦》时,一定受到纳兰性德的影响,例如"红楼""潇湘""蘅芜""葬花"等字句的灵感皆是源于性德的词句。并非

是他的原始新创。试举几阕性德的词作:

《减字木兰花·新月》

晚妆欲罢,更把纤眉临镜画。准待分明,和雨和烟两不胜。

莫教星替,守取团圆终必遂。此夜红楼,天上人间一样愁。

《一丛花·咏并蒂莲》

阑珊玉佩罢霓裳,相对绾红妆。藕丝风送凌波去,又低头、软语商量。一种情深,十分心苦,脉脉背斜阳。

色香空尽转生香,明月小银塘。桃根桃叶终相守,伴殷勤、双宿鸳鸯。菰米漂残,沉云乍黑,同梦寄潇湘。

《沁园春·代悼亡》

梦冷蘅芜,却望姗姗,是耶非耶?怅兰膏渍粉,尚留犀合;金泥蹙绣,空掩蝉纱。影弱难持,缘深暂隔,只当离愁滞海涯。归来也,趁星前月底,魂在梨花。

鸾胶纵续琵琶。问可及、当年萼绿华。但无端摧折,恶经风浪;不如零落,判委尘沙。最忆相看,娇讹道字,手剪银灯自泼茶。今已矣,便帐中重见,那似伊家。

《金缕曲·亡妇忌日有感》

此恨何时已。滴空阶、寒更雨歇,葬花天气。三载悠悠魂梦杳,是梦久应醒矣。料也觉、人间无味。不及夜台尘土隔,冷清清、一片埋愁地。钗钿约,竟抛弃。

重泉若有双鱼寄。好知他、年来苦乐,与谁相倚。我自终宵成转侧,忍听湘弦重理。待结个、他生知已。还怕两人俱薄命,再缘悭、剩月零风里。清泪尽,纸灰起。

从曹雪芹引用这些词看来,他必然曾熟读《饮水词》。纳兰性德的作品以真情凄艳著称,《饮水词》里能够读出他深沉的人生遭遇和心情。像曹雪芹那样才情绝代的小说家,自会借灵感编故事,《红楼梦》中未必没有性德的影子,但若说性德完全是贾宝玉的原型,可能就太牵强了。

纳兰性德与曹雪芹之间确有许多相同之处,譬如同属"旗籍",都富有文才,都是明朝灭亡后,跟随多尔衮到北京的第一批满族人,与清朝皇室都有过密切关系,曹雪芹的祖父曹寅与纳兰性德同时担任康熙皇帝的侍卫,且为好友,等等。但在许多相同之中,也存在着许多相异之处。

"纳兰"就是"那拉",是满文翻译过来的同音字。叶赫那拉氏最早的祖先可以追溯到海西女真。他们的始祖由蒙古来到扈伦部落,被招赘在那里,改名"纳兰"并获得广阔领地,日渐发展壮大成为一个有规模的国家。因为是在叶赫河边建立的,所以国名叫叶赫,国王是叶赫那拉氏。

努尔哈赤以数十年的时间,南征北讨统一了东北所有的女真部落,唯剩下强悍的叶赫。最后经过激战,终被努尔哈赤灭亡。当努尔哈赤打败叶赫时,站在城楼上高叫"叶赫哪怕只剩一个女人,也要灭掉你们爱新觉罗氏"的叶赫国主金台石贝勒,便是性德的曾祖父。金台石死后,他的两个儿子——德尔格勒和尼雅哈,就带着大多数的叶赫人民迁到建州。努尔哈赤与叶赫本是亲戚,他的大妃是金台石的亲妹纳兰孟古。努尔哈赤对叶赫人采取怀柔政策，成年男丁全编入八旗军，叶赫那拉氏为正黄旗，列为满族八大姓氏之一。

后来纳兰孟古的独子皇太极即位为清朝的开国皇帝，便追封其父努尔哈赤为太祖皇帝，其母为孝慈高皇后。还把父亲努尔哈赤与母亲孟古合葬在福陵地宫。

投降后的叶赫那拉氏表现良好。金台石的次子尼雅哈在清朝入关的战争中，屡立功劳，被封为骑都尉，得以凭太宗皇太极之母为其姑母的身份，随同清廷到北京，还得到广大的封地。他的两个儿子郑库和明珠就在北京长成。明珠为人精明强干，满汉文俱佳，居然从一个小小的銮仪侍卫，做到一人之下万人之上的武英殿大学士，人称"明相"。纳兰明珠的墓志铭上说叶赫那拉氏"世为国王"，乃是事实。纳兰明珠的长子就是纳兰性德。性德字容若，号楞伽山人。

曹雪芹虽也是"旗籍"的满族人，身世背景和纳兰性德可就大不相同了。曹寅的先祖曹锡远，原为明朝派驻沈阳的地方官员。努尔哈赤统兵伐明时被俘虏，成为满人八旗正白旗的包衣（满文"包衣"即世代为奴）。曹锡远的儿子曹振彦后来成为多尔衮的家奴与家臣。清军入关后,任过大同府知府、两浙盐运使等职。多尔衮死后,他所统领的正镶两白旗由顺治皇帝直接掌管。曹振彦长子曹玺做过顺治的侍卫,他妻子孙氏是康熙皇帝小时候的褓姆。儿子曹寅曾入宫做康熙的侍读,长大后又成为侍卫。性德也就是在这时透过好友,也是正白旗包衣出身的张纯修认识曹寅。初识时张曹两人碍于自己的身份,口口声声称性德为"公子"。性德大不以为然,叫他们要平等相待。从此三人交成好友,后来性德还与张纯修结为异姓兄弟。

纳兰性德四岁会骑马,七岁能射箭,十三岁通六艺会诗文,自童年时代就被认为是个天才。他的文学路走得也顺遂。但天纵英才也有他的青涩期,在纳兰性德二十岁之前,作品并不成熟。他在词坛真正的成名作,是二十二岁那年,写给文学家顾贞观的《金缕曲·赠梁汾》:

> 德也狂生耳!偶然间、缁尘京国,乌衣门第。有酒惟浇赵州土,谁会成生此意?不信道、遂成知己。青眼高歌俱未老,向尊前、拭尽英雄泪。君不见,月如水。

共君此夜须沉醉,且由他、蛾眉谣诼,古今同忌。身世悠悠何足问,冷笑置之而已。寻思起、从头翻悔。一日心期千劫在,后身缘、恐结他生里。然诺重,君须记。

纳兰性德二十四岁时,先出《侧帽集》后出《饮水词》,造成"家家争唱饮水词"的局面。这时他才被称为词坛一家。在这以前,朱彝尊、陈维崧、顾贞观等诗词作家都比他有名。性德真正建立自己的风格,独成一家的作品,就是妻子去世后,到他本人去世前的八年中,所作的那些至情至性,凄美忧婉,率真自然的悼亡词,和在塞外天高云阔,万里风沙中的豪迈之作。

性德在不满三十一岁的英年,就离开了人间,生命虽短,留下的编著作品却极丰富。计《通志堂集》二十卷、《渌水亭杂识》四卷、《大易集义粹言》八十卷、《陈氏礼记集说补正》三十八卷;编选《近词初集》《名家绝句钞》《全唐诗选》,等等。但他最大的成就无疑是在词作方面。

性德去世前在文坛已享大名,相比于"词家三绝"更清新大胆有才气,不像他们那样"泥古"。这正是经过三百多年的考验,纳兰性德被定位为"清代第一词家"的原因。

相比之下,曹雪芹的文学路就走得太悲苦了。

说到曹雪芹的生活背景,要从他祖父曹寅开始。曹寅于康熙二十九年,接苏州织造,三十一年转任其父亲曾经掌管过的江宁织造,兼苏州织造。康熙六次下江南,四次是曹寅接待的。曹寅的两个女儿均被选为王妃。但他晚年负债累累而亏空公款,几次被人弹劾,皇上都给挡了下来。康熙对待曹家始终持包容态度。

康熙1722年去世,雍正即位,曹家随即失宠。山东巡抚以"送织物上京,勒索钱物"等罪名参告,雍正御笔批道:"本来就不是个东西!"下令抄家,只将北京的房屋十七间和三对家仆留给曹寅之妻度日。曹雪芹随着全家迁回北京。曹家从此衰败没落。

曹雪芹晚年移居北京西郊,生活极为潦倒,靠着卖画和亲友的接济过日子。《红楼梦》这部巨著,就是在这样"字字看来皆是血,十年辛苦不寻常"的情况下创作的。最令人浩叹的,是书尚未写完他就丢下巨笔,"泪尽而逝"。死时虽不像纳兰性德那么年轻,却也还不到五十岁。

曹雪芹与纳兰性德成长的环境迥异。曹雪芹自童年时期就家道中落,倍受生活煎熬。纳兰性德则自生至死都是乌衣门第的贵公子,但两人在精神上痛苦的深度是同样的。

性德的痛苦不仅因失去知己爱妻,也因事业上的被压抑。他是个才高八斗胸有鸿鹄之志的人,康熙皇帝却总在防着他。首先是康熙十五年他考中进士:二甲第七名,却故意把他置闲一年多不给职务;后来叫他做御前侍卫,从三等五品升到一等三品,一做八年,直到性德去世墓碑上刻的还是"皇清通议大夫一等侍卫佐领纳兰君"。

在一般人的眼里,每天围绕在皇帝身边是何等的光荣幸运,但性德却深以为苦。他有无限的热情与智慧想奉献给国家。精明的康熙皇帝当然了解他的心愿,偏就是假装不懂,硬把他留在身边。经分析主要原因有二。一是性德的父亲纳兰明珠,卖官结党权势太大,身份又是降国叶赫王的后裔。作为一代君主,他不能不防父子联手,至少得把明珠这个权臣的人杰般的儿子看在眼下。另一个原因,是康熙皇帝不比一般帝王,他兴趣太广,知识的范围也太渊博,从中国的易经谈到西洋人的数学,由李白杜甫的诗忽然转到围猎老虎或黑熊,谈文说武无所不通。身边需要一个像性德这样博古通今又忠诚的人。性德确是皇上最喜欢和最需要的陪伴。问题也就发生在他不能总做陪伴，而要做自己。他过得真不快乐。

> 又到绿杨曾折处，不语垂鞭，踏遍清秋路。衰草连天无意绪，雁声远向萧关去。
>
> 不恨天涯行役苦，只恨西风，吹梦成今古。明日客程还几许，沾衣况是新寒雨。

这阕出塞词《蝶恋花》是纳兰性德在康熙二十一年，奉命与副都统郎坦等人远赴梭龙途中所作的。那是二十九岁的他进宫工作以来，头一遭不是随扈皇上，而去独立执行任务。在西风瑟瑟荒寂苍凉的边塞道上，"不语垂鞭，踏遍清秋路，衰草连天无意绪"，性德的心情是凄怅的。"只恨西风，吹梦成今古"，当然是一语双关：他的故国原在塞外，如今只见空漠荒天；与他柔情蜜爱的妻子卢氏，原约好永不分离，现在，他却一个人骑着马孤零零地独行，而年轻美丽的她，竟已成了古人。西风无情，吹去人间好梦，叫他怎不愁闷幽怨！

离曹雪芹写《红楼梦》时,纳兰性德已死去六七十年。他与纳兰性德之间自然不可能有何直接往还。而事实证明,曹雪芹也并没机会从祖父曹寅口里,听到任何有关纳兰性德的故事。但这并不就意味着曹雪芹与纳兰性德离得很远,事实上,两家曾走得很近,从纳兰性德和曹寅留下的文字中可得证明。

康熙二十三年秋季,皇帝首次出巡江南,性德随扈伴驾。到南京时,性德为曹寅的父亲曹玺生前建置的楝亭作了词:《满江红·为曹子清题其先人所构楝亭,亭在金陵署中》。

而康熙三十四年,也就是纳兰性德死去十年后,曹寅在他的诗中回忆说:"忆昔宿卫明光宫,楞伽山人貌姣好。……家家争唱饮水词,纳兰心事几曾知?"楞伽山人就是纳兰性德。

纳兰性德死于1685年,距今已324年,经过漫长岁月的筛选,目前见到的纳兰词总共348首。这些词,三百余年来一直得到很高的评价。清末梁启超曾说"容若小词,直追后主",把他与南唐后主李煜并论。王国维对纳兰性德更是欣赏,在《人间词话》中道:"纳兰容若以自然之眼观物,以自然之舌言情。此由初入中原,未染汉人风气,故能真切如此。北宋以来,一人而已。"当代学者也认为纳兰性德的词独树一帜,成就斐然,是继五代李煜、北宋晏几道以来的又一位杰出名家。

至于曹雪芹就更不用说,他无疑是中华文学史上,一位最光辉璀璨的小说家。纳兰性德和曹雪芹,这两位满族最著名的才华夺目的彗星,最大的相同之处,是他们有一颗充满灵性的"诗心"。"诗心"又是什么?借用已去世的文学教授郑骞,在《诗人的寂寞》一文里的话说:"已往的回忆,未来的冥想,天时人事的变迁,花开叶落,暮雨朝云,一切都像风吹水面似的,惹起人们心情的波动。这些波动,层叠堆积起来,就需要寄托,需要发泄。"他还说:"千古诗人都是寂寞的,若不是寂寞,他们就写不出诗来。"

纳兰性德和曹雪芹都活得寂寞,却给我们留下了珍贵的文学遗产。

郁达夫的感情生活

郁达夫的作品和实际的生活态度,常被认为有颓废的倾向,甚至被冠以颓废派作家的名号。其实这是十分肤浅的、流于表面化的看法。如果我们仔细地分析一下郁达夫的生长背景和他的性格及教育过程,就会发现他实际上是一位真挚、热情、诚恳,文格和人格最不矫揉造作,表现得最是言行一致、表里如一的作家。他的那种过激或过于感性的文风,正流露出一个感情丰沛、忧国忧民的苦闷文人的心底波澜。

所谓文学创作的三个主要条件:丰富的感情、丰富的幻想力和创造力,形成了文学创造者的独特质量,使得他们特别敏感,观察细微,关怀面广,在爱与恨上呈现出的力量,比一般人更强烈。因此当我们审视一位真正的、有资格被称为杰出的文学家——郁达夫这个人的道德和言行时,必要跳出一般社会层面,要给他较大较广的空间。南唐中主李璟问词人冯延巳:"吹皱一池春水,干卿底事?"原籍德国的瑞士作家,诺贝尔文学奖得主,赫尔曼·黑塞曾坦言,他的内心深处有个"风暴地带",里面常常起风暴。事实上,很多很多的文学家艺术家,都是"吹皱一池春水,干我的事",也多半是内心里或多或少地,有个风暴地带的敏感多情的人物。

郁达夫对他自己的出生是这样形容的:"一出结构并不很好而尚未完成的悲剧出生了。"他对自身的外形深以为不美,甚至认为有点丑。言语之间已流露出对人间的不平、无奈、自怨自艾和自怜的情绪。郁达夫先天性的悲剧性格,文学人的多愁善感,已表露得很清楚了。

郁达夫的童少年期的确坎坷,三岁失去父亲,两位哥哥因为比他年纪长了许多,在外求学,所以他只得与母亲和祖母,在当时只有三千个住户的家乡富阳县里相依为命。1913年的秋天,少年的郁达夫随他的大哥到日本去读书,眼界大开。他在日本求学十余年,这个小小的岛国的人民之勤奋、社会之井井有条,给他极大震撼,也就越发地看清了中国的积弱和紊乱,加上浓重的乡愁,青春发育期的苦闷情绪,日子过得并不似一般少年人无忧无虑,用一句郁达夫自己的话来形容:"我在当时,正值多情多感,中国岁是十八岁的青春期哩!"

郁达夫出国前就对英语感兴趣,十分用功地研习,到日本后又努力地学习日语,接着又学德语,他是当时少数具有外语阅读能力的作家。他读过许多西方文学作品,对文学作品里的自由思想和恋爱自主向往不已,很渴望能够爱与被爱。当然他没有这个机会。1920年7月,郁达夫奉母命,与订婚五年之久的富阳同乡孙兰坡女士成婚。

郁达夫和孙兰坡之间的关系,绝不像坊间一些文章写的那样,只是毫无情感的包办婚姻。他们虽没有热烈的爱情,但是一种互信、互属、共一命运的情义是不容否认的。孙兰坡家境富裕,面貌端正,幼年时家里就给她请教师指导读书,她还能作诗。在和郁达夫订婚后的五年里,两个青年便在东京、富阳之间诗文唱和,倾诉相思之苦。譬如在他们订婚后,郁达夫只身返回日本,曾有这样的诗句:"立马江浔泪不干,长亭诀别本来难。怜君亦是多情种,瘦似南朝李易安。"

洒泪而别,又把未婚妻比作李清照,足可看出孙女士在他心中的地位。后来郁达夫给孙兰坡改了名字,是为孙荃,并为荃字做了解释,有诗为证:"赠君名号报君知,两字兰荃出楚辞。别有伤心深意在,离人芳草最相思。"

郁达夫把他和孙荃的诗词唱和,都收在《夕阳楼》诗稿中。郁达夫在日记中称孙荃为"我的荃君""我的女人",两人多次相拥抱头痛哭,甚至还想过用什么方法共同自尽。由这些情况看来,这对夫妻的感情不能算很浅。他们共生了四个孩子:龙儿、黎民、天民、正民。龙儿五岁时病死。

郁达夫生存的那个时代,正是中国文化除旧布新,冲突斗争得最厉害的阶段,抗击礼教、争取自由恋爱,不但是文学作品中的广泛题材,就是在日常生活中,也激起一向对命运逆来顺受的青年,甘冒家庭和社会的指责,成了身体力行的勇敢又悲壮浪漫的行动者。郁达夫对他的妻子虽然不无感情,但那究竟不是真正的、原发性的爱情,也绝对不能满足一个像郁达夫那样,内心充满传统文人的缠绵悱恻之情,意识形态上有西方浪漫主义思想的,才气纵横的才子型作家。所以他才会在见到王映霞的第一眼就为之撼动,热情如决堤洪水,倾泻而出。

郁达夫对王映霞的追求算得疯狂,他的日记上每天写她,还要每天去看她,见了面只说一两句话也觉得心满意足。一天见不到便寝食难安,失魂落魄。有时实在没办法见到,他就在王映霞居住的楼下绕上几圈,朝楼上张望几眼,深夜中孤独地归去,他在日记中笑自己:"到了这样的年纪,还会和初恋期一样的心神恍惚。"

王映霞是个很美的女人,她体态丰润,皮肤洁白,最吸引人的是如郁达夫所形容的"澄美的瞳神"。王映霞的内涵也不弱,她幼读诗书,爱好文艺,下笔为文平易流利,在当时算是才女。她对郁达夫的钟情,主要是读过他的许多作品,由对作家的崇拜而生爱。二十岁的单纯少女,为爱痴迷是正常现象,也正因为她太年轻,忽视了许多现实因素,没看出两人共同生活会出现什么样的问题和矛盾,才演变成后来不可收拾的两败俱伤的局面。

郁达夫和王映霞共同生活了十二年,生儿育女五人,其中两人夭亡。他们之间曾经有真正的爱情,彼此相互欣赏、吸引,有共同语言,按理说应该是很美好的结合,为什么竟会有最终那么不堪的收场?郁达夫的《毁家诗纪》和一些毁家的动作,对王映霞的报复和责难,震动文坛。在此我借用一段郭沫若的文字,来说明当时他们共同的朋友的反应:"达夫把他们的纠纷做了一些诗词,发表在香港的某杂志上。那一些诗词有好些可以称为绝唱,但我们设身处地替王映霞着想,那实在是令人难堪的事。自我暴露,在达夫仿佛是成为一种病态了。别人是'家丑不可外扬',而他偏偏要外扬,说不定还要发挥他的文学的想象力,构造出一些莫须有的'家丑'。公平地说,他实在是超越了限度。暴露自己是可以的,为什么还要暴露自己的爱人?"从这短短的一段话,已经可以看出一般的看法了。

此后也有许多人写文章,评论谁是谁非,有的偏袒郁达夫,有的替王映霞抱不平。可说来道去,也只能做到隔靴搔痒。男女之间感情的事,除他们本人外,任何第三者都没资格置评。最多,我们只能从他们的性格、背景做点分析的工作。我认为郁王之间的矛盾,出在两人都不是对方所需要的生活伴侣,说得更明白些,就是他们只适合谈没有责任的爱情,而不适合在一起过实际婚姻生活。

先说郁达夫,在性格上,他热情有余、冷静不足,多感,易冲动,任性,爱恨强烈,往好处说可谓至情至性不失赤子之心;往坏处说就是欠成熟,没多少责任感。对他来说,个性逆来顺受、没有主见、富于母性的女性更适于共同生活。

这是包办婚姻的孙荃和后来在南洋娶的、无甚知识的何丽有,反而能与他和平共处的原因。

再说王映霞,她认识郁达夫时不足二十岁,正是做梦的年龄,以为有了爱情就有了一切。像郁达夫这样的才子文人当然令她产生许多幻想,以为结婚之后不知会得到丈夫何等的体贴关爱,生活自然也是安定而美好的。王映霞并不知道,其实郁达夫在对她展开热烈追求时,内心就充满挣扎与矛盾,觉得不应该抛弃发妻孙荃和儿女,而产生一种为她做了牺牲的心理,对她的期待也就特别高。碰巧王映霞认为以自己这样一个美貌少女,嫁给郁达夫那样一个有家室的人,不能说没有委屈,要求体贴补偿之心更浓。双方要求的是同一种东西,偏偏两人又都是善于取拙于给的,失望与矛盾便油然而生,加上战乱动荡和外在环境的影响,以悲剧收场亦就不算意外了。

郁达夫是个忠诚的爱国主义者这一点,是无人可否认的。与王映霞分手后他专心从事爱国反日工作。因新加坡局势吃紧,他与胡愈之、沈滋九等一群友人,辗转逃亡到印度尼西亚的"巴爷公务",从此取名赵廉,改行经商。与友人合伙经营"赵豫记酒厂"。为了掩护身份和家中有人照料,经朋友介绍和当地华侨女孩陈莲有结婚。陈莲有没上过学,知识有限,只会讲台山话和印度尼西亚话,两人很难沟通,但是郁达夫不以为意,反而觉得不必担心暴露身份,加之陈莲有很会做家事,家庭生活尚过得去。郁达夫把陈莲有的名字改成何丽有,据说是调笑她相貌丑陋,"何丽之有"的意思。真正的意图到底为何?我们不知。但郁达夫当着外人叫她"婆陀"(Bodoh),就是傻子的别称,则为不假。何丽有先生儿子大雅,后又生一遗腹子女儿,名叫美兰。

郁达夫时时感到日本人对他生命的威胁,于1945年农历正月初一写下一份遗嘱,言明在印度尼西亚的一切金钱产业留给何丽有及其子女,国内的稿费版税房产等,全部给予王映霞所生的三个儿子。这份遗嘱亦曾引起猜测,令人不懂郁达夫为何独对尚健在的原配孙荃,和孙所生的三个孩子只字不提。我的解释是,在郁达夫的立场,何丽有是他的现任妻子,他自然要负担她的一切生计。孙荃和王映霞都是他离异的前妻,她们的孩子也都已长成,无须他再负责任。他之所以以非常感性的笔触,说明将国内一切给王映霞所生的三个孩子,无非表示他对王映霞仍未完全忘情。郁达夫在文章里称他与王映霞生的孩子为"结晶品",就足以说明他对与王映霞所生的孩子之重视,是在于别的子女之上的。王映霞毕竟是他一生中真正爱过的女人。

总括郁达夫的一生,除了孙荃、王映霞、何丽有三个正式结过婚的女人,也还有些别的插曲或花絮。譬如十四岁那年的初恋,二十多岁时在北京认识的银弟姑娘,四十多岁时在新加坡认识的李小姐,和早年留日时代与日本姑娘的逢场作戏,多少也都投入一些感情,但那最多如蜻蜓点水而过,分开也就淡忘了,不曾留下深刻的痕迹。

孙荃与何丽有,在郁达夫的生活中只扮演默默奉献的角色,从未得到过感情上的平等。真正引起郁达夫原发性的爱情,鼓动他生命力奔放、不顾一切地去追求的,也只有王映霞一人。爱深恨也深,所以当郁达夫认为王映霞对他不忠时,他的反应是激烈而失态的。世间男女的事,缘起缘灭,原不在我们控制之中,也没必要讨论谁是谁非。像郁达夫这样一位有才华的作家,本应该有丰富的感情生活,当我们今天在这里纪念郁达夫遇难五十五周年的时候,谈起他一生的悲欢离合、爱恨情仇,只会为这位文学家的命运长长浩叹,绝不会用世俗的道德标准去妄做论断。

心的絮语

跟自己对话

过去你可曾存在

过去,你到底存在过吗?若存在过,为何我听不到你的声音,触摸不到你的形体?若不曾存在,为何我又为你如此悲伤、惋惜、惆怅?我的心像被蒙上一层老旧的灰色薄纱,下面的影像时而清晰时而朦胧,美得让我移不开目光。但它是那么不实,那么飘忽虚幻,待我稍一整顿理性的思路,便消失得踪影渺渺,依稀空无一物,什么也不曾发生。

所以,我要问,你存在过,还是从未存在过?

大哲学家叔本华说,曾经存在的事情已经过去,就像从不存在过一样。现在的存在,就是下一刻的过去,因此人永远活在过去里。

是的,这正是我真实的感觉:永远生活在过去里。

人总说要把现时活好,但现时短得令人惊叹,只存在短短的今天的短短此刻,前一秒钟已是这一秒钟的过去,过去的时光无情得超过逝去的水;逝水在涝季尚有回流的可能,逝去的时光却永不回头。不管你情愿与否,一只冷酷的大手总在背后推动,一步一步,把每一分一秒推成过去。

人的一生便由无数个过去组合,每一段过去的历史是一粒粒小小的珠,有的富有光泽,有的黯淡,不管好不好,总是属于你的,串在一起,成了一条珠链。那条珠链便是你的人生。每个人有他生命的珠链,真正的珠链有形,人生的珠链无形,它只存在人的心上。

往事像看过的电影或好小说,生动感人,回味无尽。然而那只是虚幻的画面,并非真实的存在。

往往你会看到一个舞台,上面有你在演戏,你演悲剧也演喜剧,你演得投入而真实,用你的心和血和泪。可惜已落幕了,也许留下一些残碎的道具和粉彩,但过去的毕竟是过去了,留在回忆中的只是那出戏的影像,你其实早已离开了那舞台,更不是那出戏的主角了。

湖畔夜色

瑞士是山国,以美景著称,雪山、湖水、春花,是吸引全球观光客的美之焦点。我在瑞士居住四十年,把青春年华住成夕阳西下,心情上难免会产生些惋惜和惆怅,以为浪迹天涯,远离亲朋,是虚掷了生命。接着就产生一连串的灰色情绪,顿觉世事无情,红尘多悲,天地一片空茫茫。每逢在这口黑漆漆的古井边,徘徊踯躅不能自已的当儿,便设法奔向湖边,让渺渺涟波不绝的湖水来洗涤我的灵魂,洁净我的眼眸,苏黎世城中心那汪洋百里的一湖清流,与我是相识久且长,相望两不厌。

爱湖,要看湖却也不易,我住的城离苏黎世尚有一段距离,而我又不曾学过开车,乘火车去太费时间,求人把我载去又太妨碍人家的事,特别在冬季,遇冰雪来袭,路滑难开,要去更是艰难。因此虽爱湖畔风光,真要亲近也只能偶尔为之。

春夏季节的晴朗天,坐在湖畔小馆里饮啜一杯香醇浓郁的白葡萄酒,静静欣赏蓝天白云下湖水里的雪峰倒影,无疑是献给心灵的一顿盛宴,但真能启人灵性夺人魂魄的,仍是傍晚之后,暮色中的湖景。

偶见儿子得闲,便央他开车带我到湖畔找夜色,总是小女儿在后,我坐前座流盼四顾,观赏风景。路线几乎从不变更——穿过苏黎世市区,沿湖而上,绕湖而行。儿女总笑谑道:湖畔纵美,也应有看够的一天吧!

对我来说,入夜后的湖上风情真看不够:悠悠幽暗中,泛着黝黑光亮的湖水,像藏着千古谜底的神秘之渊,深沉得把人的心也勾坠了下去,同浸在冰冷的水底。那感觉令人产生无端的忧伤,刹那间仿佛天下所有的寂寞迎面袭来,威力之猛非理智所能抵挡,这时会不由得更看出自身的渺小、孤单、无助,会忍不住眼泪泫泫。

傍晚后的湖畔,最好看的是隔岸灯火,千盏万盏、点点斑斑、灿灿烂烂、五彩缤纷地在黑暗中闪烁,似有意地强调繁华。你被那耀眼的华彩牢牢吸引,俨然那是唯一能捕捉到的光明,真担心忽的一下熄灭,这呼吸着的辉煌世界便会隐遁于无形。于是你热切地数着那些美丽光灿的灯火,想知道哪一盏灯属于你,得以永远拥有,唯你终于悟出那感觉是多么的不实,灯火虽耀目,却亦如万丈红尘里的一切事物一般无常,白昼来临时自然消失,人间的规律从不改变,哪一盏灯也不属于你,就像这世界上的一切都不真属于你一样,你赤裸裸地来,赤裸裸地去,带不走一草一木,也带不走一颗最小的星星。

夜中的湖,常招惹得我的思想如脱缰野马,不顾方向地任意驰骋,自由得如风如气。那感觉真好,真让我着迷。

闲　云

星期天的早晨,忽然心血来潮,穿得暖暖的,一个人去散步。路上静静悄悄,初春的晨阳温润,却烘不热寒飕飕的小风。所幸路上早无冬日留下的冰雪残痕,柏油面的人行道洒扫得像刚从水中捞出,清冽冽的纤尘不染,踽踽而行,倍增孤独之乐。

悠然举头,喜见迎面蔚蓝的天空上,几朵白云浮腾,那股自由自在的安闲飘逸,可真羡煞了人。于是立刻也就明白了,为何从古至今,从高人雅士到凡夫俗子,都会说一声想做闲云野鹤!

野鹤怎样生活,自由到什么程度,因对动物的认识有限,不敢断言。但闲云的形状乃眼睁睁地见到,那种随心所欲和不受拘束:想浓即浓要淡便淡,徐徐轻飘,疾疾溜过,一会儿像团巨大的棉花糖,一会儿若袅袅轻烟。管你下面的世界发生了什么惊天动地的大事,管你们那些蠢人浑浑噩噩地忙些什么!我这朵闲云就这么不动声色,静静稳稳地飘定了。好洒脱的姿态,多高远的情趣。闲云的境界确是令人从心里钦羡,想模仿的。

闲云看来悠远轻逸,要做它可不容易。常见某人意态散淡,仿佛万事不放在心上,东游游西逛逛,不与人争不敛钱财,俨然已成为人海中闲云一朵。

事实上要活得像闲云,外表是否够逍遥潇洒并不重要,那只是外观的表象,重要的是内心的活动,如果内里不净,便永远不会产生闲云的境界。

佛家重外修,更重内修,勉励世人要从贪、嗔、痴所造成的喜怒哀乐中解脱出来,做到心无挂碍。

一颗无挂碍的心,开阔得若无垠无际的遥遥蓝天,大得可以上接千年下延百岁,又如莽荡荡的大地一泻千里,空旷得连一堵墙也没有,什么名缰利锁儿女情长,都不在意,哪怕睡在马路上喝番薯汤,也不以为苦,反而乐得像颜回一样。原来不如自己的人,如今当高官或发了豪财,或是什么人背后中伤,某某趾高气扬大摆架子,也不会产生丝毫情绪的波动。闲云嘛!总是从高处远处看人生,只笑看红尘碧海万事皆空,全无火气而烟波不动。没有这样的气度,便永难活得如闲云。

望着那一堆堆轻如纤雪的白云,我好生迷恋,遗憾的是自己心中挂碍重重,永远做不成它。

爱孤独如爱自由

生命的本体是孤独的,孤独地呱呱坠地,被四周的环境簇拥着融入尘间世情,如水流中的一粒涓滴,一条小鱼,随波逐流,由幼弱而精壮饱满,渐渐走入衰疲苍老,最终为岁月淘汰,仍是孤独地离去。赤裸裸地,带不走一丝风雨,一抹繁华,也带不走缠绕终生的爱和恨。当一人静静地倒下时,你才会凛然而惊,明白地看出什么叫作孤独,人与孤独的关系是何等密切。

人怕寂寞,也怕孤独,其实孤独与寂寞并非一体,寂寞是心灵因缺少交流抒发而产生的封闭孤绝的感受。孤独只是外表的形单影只,独来独往者未必内在活动不勃放如春。相反地,无形的精神最活跃的当儿,常常是有形的躯壳最孤独的时候。

人本是群体动物,一切离不开人际往还。要想孤独亦难。孤独常使人陷于矛盾:受不了孤独带来的凄寂,又渴望得到只有在孤独时才能享受到的,自我的极致的发挥和无私毫无保留地面对真实。

陈子昂的名句:"前不见古人,后不见来者,念天地之悠悠,独怆然而涕下。"诗人为何登上幽州台如此悲怆动情?因他在孤独之中体会到大自然的无穷和自身的渺小,叹服于造物者的神奇,人生的短促有限,而感悟至深。所谓登高必自卑,指的无疑是这种境界。

如果一群人同时登高,喧嚣嬉笑之中,怕亦难触发什么灵感。孑然一身时,才有机会登上精神的高峰,望得远,看得清,障碍尽除,思维顿如月光般透剔通明,理智与感情皆回归到最纯净的状态,能清楚地照亮自己,也照亮周遭的沸腾人气。孤独中的心灵像眼睛,诚实敏锐得容不进一粒尘沙,哪怕平时最善于浮夸的人,在孤独自处的反思中,也会产生些许对良知的敬畏,或多或少地谦虚起来。孤独,是让在花花大世界中的我们,接受灵性洗涤的时刻。太多的孤独令人难忍,适度的孤独却是必需。

假使生活中永无孤独时刻,那日子可怎么过?譬如阅读、听音乐、作画、写作、回忆、检视私藏的心爱之物,都是在孤独中才能享受的乐趣,若是这些乐趣被剥夺,终日终年在熙熙攘攘的人群中周旋,生活将因无机会完全属于"纯自我"而陷于空洞。对此我有经验,在人际交往的热闹生活之后,精神上往往出现难以负荷的怠倦,这时最渴望的便是孤独。独个儿在屋子里弄这弄那,音响上放着优雅的古典音乐,亮堂堂的阳光从玻璃窗上溜进来,穿着宽大舒适的旧衣衫,白着一张未经化妆的清水脸,真是差不多自觉逍遥若神仙。

孤独的最可爱处,是在那种无拘无束,挥洒张扬的自由感。太多的孤独足以磨损生命的活力。有限度的孤独则如高山望月,如悠然漫步于绝尘空谷,启智慧,涌真情,让灵性之美和精神的自由发挥到最高度。谁会不爱自由呢?所以人都需要孤独时刻,就像都需要自由一样。

千禧自述

你、我、他,都会常常听到类似的一句话,假设人生能够重来过,我将如何如何。

极简单的一句话,包含了多少未尽的含义,没说出口的是,过去的大半,生活得未必全如己愿,至于指的是哪一部分,乃是个人心底的主观感情,他人难知。但过去的人生如昨夜的星辰,永无回头的可能,否则怎会说出这样充满惋惜、遗憾,甚至带有虚拟性憧憬的话。

人进中年,日子便过得风驰电掣一般,格外地快,刚庆祝完圣诞节,忽而又到元旦。到法国时二十多岁的青年,此刻已体会到夕阳西下的惨淡,岁末钟声中火树银花,一年悄然过去。今次不同于往昔的是,恰逢世纪交替,千年才能碰到一次的奇遇。人类的文明有六千多年,但公元纪年才至两千年,这是第二个千禧,上天竟对我辈如此恩宠,让我们有缘从二十世纪迈入二十一世纪,体会这种神奇巧妙含有历史意义的一瞬,怎不令人倍增感怀。

流浪与移植

离开母邦奔赴他国,两手握着空拳,不畏艰巨地辛勤耕耘,兢兢业业地工作拼搏,在原本生疏的土地上给自身找块立足之地,建立家园,转获一份丰衣足食的小康生活,所谓白手兴家。再在方圆不大的华人圈子里,争取几位气味相投或能守望相助的朋友,虽打不进当地主流社会,却看来也过得热热闹闹、仿佛并不寂寞。这类生活模式,是二十世纪下半期,华侨的特色之一。

如果说,二十世纪是华夏子孙的漂泊世纪,应不算夸张的形容。造成漂泊的原因多样,天灾、战争、贫穷、年轻的心渴望更宽广的发展空间,都使人义无反顾地选择流浪。前半个世纪,流浪的范围多离不开中国本土,当内战逼近时,总是由北逃到南,或由东逃到西的,在母体的大地上辗转。黄河决堤要逃命,长江泛滥或干旱饥荒也要逃命。

世纪的下半段,许许多多原本想固守家园的人,亦踏上旅程。而由于科学、信息和交通的发达,洲与洲间、人与人间的距离缩小,好奇心和求知欲鼓动人走出去,看看广大世界,学习新的事物,呼吸更广阔的空气,不一而足的理由促成了二十世纪的华人出国潮。

也许最初的确只想做短期的寄居,日久天长后,渐渐感受到新的生活方式其实并不坏,时间能把最初的适应期变成习惯,再把习惯化为自然。于是远方来的客人开始扎根,做久居他乡的打算。像一棵树,找块土地,挖个大坑种下去,转化为移植。

移植的树与从泥土里发芽长出的树毕竟不同,受先天条件的限制,虽然努力地吸收阳光和雨水,仍难成为土生土长的树群中的一株,主因是它缺少那条原始的,在泥土里盘根错节,已与泥土结为一体的大根。

文化是人的根,移民之所以像个边缘人,就因为缺少这条自母体带来、伴其成长的深根。第一代移民所缺少的,第二代移民并不缺。他们多半不识华文,会说华语也只是一点皮毛,观念思想全是父母选择的新土里长出的,除了皮肤是黄色,与当地人没多少区别。他们自然地融入主流社会，对于父母所依附的中华文化，多半既陌生又无兴趣涉入。

我也曾为下一代不再熟稔故土而遗憾，但随着岁月的流逝，看他们一天天地长大、学习、交友，有时还要面对种族歧视的困扰，生存也不简单，特别是在年龄渐长之后，自身的根源在何方，都会造成他们的迷茫，使我不得不调整自己的思想，不再干预他们的认同。第一代和第二代移民原本不同，我们在新土上的实际困难他们没有，这是第二代移民的优势。但我们有乡可怀他们没有，乃是我们的优势。大多数的华人活在终生奋斗之中，不管男女老少，追求的都是一个目标——幸福的生活。每个人有自己的人生之道，活得幸福、如己意就好了。何须将自身的观念加诸他人，哪怕是自己的子女。

我们这些第一代华人移民，原是提着箱子四处徜徉的流浪者，第二代移民是品种移植后结出的果实。性质是有很大差别的，理应尊重彼此的人生态度和生活方式。

命运与人生

人活到相当岁数,会发现前面的路何其短,清楚得差不多可以一望见底,而走过了的来时路又何其长,点点滴滴凑成一段,形成一幅画面,好的坏的全属于自己那条有限的生命。回顾间不免有悲有喜,很多人会因错过好机遇深沉慨叹,也有人因有过的美好记忆觉得此生足矣,没有白活。总之,回忆是全人类最爱做的事之一,而且越老越爱回忆,理由很简单,青年时代身强力壮,意气风发之余做什么都不难,世界仿佛在自己的手掌心里。到了老年,身体和精力都不很听使唤,想表现一下竟是力不从心,无奈之余唯有坐在摇椅上冥想,在回忆中找寻可爱的自己。

曾看过一篇翻译小说,书中主角经历过童年得不到父爱,少年时遭情人抛弃而失恋,青年时又与妻子感情破裂以离异收场,以及朋友在他事业失败时转入敌手的阵营等恶劣的遭遇。这当然使他义愤填膺,情绪低迷,习惯于用悲观的眼神看世界。从二十五岁到五十五岁,他就这样在怨恨、悲哀、自怜的心态下,痛苦地过了三十年。相信他未料到能享高寿,如预先料到,也还有点智慧的话,应会及时调整人生观,让余生过得敞亮些。但他没有,他放任自己活在早已过去许久,再也不会回头的古老悲情里。结果他活到九十岁。最后的三十五年和以前的三十年没有分别,一生被痛苦贯穿,可为白活一世。

刚到海外时我有个老房东,是个退休的刷墙匠,那年他九十四岁,鹤发童颜,生活简素,动辄提着一桶颜料,把墙刷得雪白。老先生最爱提当年勇,开头的引语总是:"回想二十年前,当我年轻的时候……"他的话常让我忍不住笑,因为二十年前他已七十四岁,不单算不得年轻,根本就是老得够瞧。这话让一个真正年轻的人听了,怎能不笑。可是,这位老刷墙匠活到九十六岁,从来不气不怨也不嫌自己老,对一切都能原谅,更不以劣心思去猜测别人,一生无财无势,却比很多位尊权大或富甲天下的人活得还快乐。这位瑞士老头没读过多少书,我倒看他的人生智慧有哲学家的深奥。

人有时也会感到迷茫、不解,扪心问问,深信没犯过什么应受惩罚的恶性错误,对他人、对事物世情,都够诚恳尽力,检讨本身所拥有具备的,与什么人相比也属上乘。可是老天为何不肯睁开眼,竟让他或她的一生,过得如此艰辛坎坷呢?是天地不仁有意地不公平吗?还是天妒红颜和才子,偏偏要给此苦头吃呢?

如果顺着这个逻辑想,自怜自恋自我陶醉的情绪便会油然而生,是非常可怕也相当可厌的。我们常会遇到一些熟或不熟的人,见人就诉说自己的无辜和不幸,自身如何不平凡,甚至伟大,遭遇何等的悲剧性,或某某人竟然认不清他或她的价值。把自己说成了怀才不遇或小可怜,隐隐间充满自我感动。听得人初次尚表同情,二次已十分不耐,再后来就只想逃走。

我不但认为喜欢在人前抱怨非大雅作风,而且认为那起不了任何作用。你要什么呢?同情、怜悯、同仇敌忾地听你倾诉,助你声讨?际遇和命运是人间最难解释的题,在日常生活里,我们常会看到异常优秀的人,偏是跌跌撞撞地在人生路上挣扎,而那平庸看不出什么特色的,倒能平稳安乐地过样样不缺的幸福日子。为此不平吗?不必,只管本身,勿去比别人。应付坎坷人生的态度是,对待本身要够硬,不让自己倒下去,在困境中勿停止向前行走,让逆来顺受的坚韧化为力量,勇敢地创造明天。

没有哭过长夜的人不足以言人生。以为说的只是理论或高调吗？不，那是经验，是顿悟，能够笑脸迎人生的人，一定比对着人生哭泣的人，过得较容易、充实。

心情的耕耘者

我属于那种天生懒散的人，性子虽然急，动作反而慢吞吞，遇事能拖则拖，喜欢过悠游自如飘洒随意的日子。为此，童少年时期曾数度被父母谴责，妈妈说："你这个懒丫头，一辈子勤快不了。"但她没说对，我曾是个辛勤的耕耘者。环境能够改变一个人，也能创造一个人。如果我永远在安乐家中做女儿，也许至今仍可保持懒洋洋的风格，但当我知道必得靠自己的力量，建立一块立足之地，拒绝被命运吞噬的时候，蕴藏在身体里的毅力便全然释放出来了。在这之前，对于所拥有的这份坚强，我向无觉察。

我从事过多种职业，电台播音员、编辑、经常算错账的银行职员、专业的美术设计师。但无论做什么职业，都对我少年时代就热爱的文学创作不能忘情，常在忙碌的公余之暇，写点游记随笔一类的小东西。

1970年后为了孩子,我辞去了做得得心应手、收入又高的美术设计师工作,回家迎接专职的主妇生涯。那以后的二十年,是我一生中最辛劳、情绪最压抑,但也最充满挑战性的生活经历。因为,在决定放弃美术设计工作的一刻,我便许下了心愿:专职主妇将与专业作家的行程并进,定要实现最初的志愿,写小说、写散文、写杂感和随笔,回到文艺写作的路上。我想着便付诸实行,煞有介事地写了起来。

专业写作一开始,困难便一一浮上台面,孩子幼小,处处需要母亲,我求好心切,家中各事一样也不能简化:屋子要干净、美化,孩子要吃得好穿得美,要得到柔馨的母爱。而身为科学家的丈夫,一年中几乎有半年到各国各地去出差、开会、教学。房子四周还有个种了不少水果蔬菜的院子,种种切切都要靠我的双手来完成。于是我做了采买又做园丁,再做厨娘和清洗妇,每分钟都有安排。

除了写和画,我的另一兴趣是女红,缝纫、织毛衣,配色和式样无师自通,全赖跟着感觉走。给孩子们做的小西装、小裙子、镶着毛皮的因纽特式的小大衣,使朋友们看了惊羡不已,叫我用后可别掷,送给他们应用。我们家中的窗帘、椅垫、床罩、灯伞,几乎全由我自制。

生活的步调如此紧迫,还能分出空间写作吗？经过一番折腾,终于规划出两段固定的时间。每天清晨五点起床,一秒钟也不敢耽搁,披上睡袍轻手轻脚地下楼,喝杯咖啡下肚立刻振笔疾书,直写到七点才叫醒孩子们,给他们吃喝穿戴整齐打发上学。为了怕邻居看到屋里有人来打扰,直到十一点才打开窗户。一天的实际生活此刻才真正开始。去邮局和银行办事,与朋友通话,打扫浆洗烹调,马不停蹄地忙到一家人全上了床,才又坐回书桌前,一格一字地往上爬,把精神交给另一个世界。

我的几十本书便是在这种情形下完成的。许是神经绷得太紧,近年竟对写作产生难以克服的倦怠感。当好心的朋友或读者问:"可有什么新作？"我竟有些带着愧意的词穷,因已数年没新书出版。为此我曾有难耐的心急,基于自觉以前的作品,多半在赶工中完成,那时的思想也不如现在成熟,算不得代表作。一定要写部代表作的心愿,已在我胸中澎湃太久,长篇小说的故事和人物活生生地晃在眼前,开篇的两三章已写过好几遍,却是写了又撕,后继无力。文学创作并非总是享受的事。所谓寒天饮冰水,冷暖自知。至此深有体会。

爱上纽约

识或不识的人常会问我一句话:"瑞士的风景那么美,你怎么会来纽约定居?"

诚然,瑞士的风景实在美,湖光山色,皑皑雪原,蓝天白云下草薰花艳,加上安定富裕的社会,守法有教养的人民,清洁的大城小镇,谁也不能否认这个号称世界公园的国家,是住家过日子的好地方。我在瑞士住了许多年,结交了一些当地的朋友。欧洲的思维方式、生活习俗、文化文明中某些部分,自然而然地影响着我。但我毕竟不是一个真正的欧洲人,我的与生俱来的中华文化背景,似幽灵般,不显形却有着顽固的排他性,足以勾起我郁结不解的文化乡愁。

我最小的一个妹妹在纽约定居,很希望她的姐姐们能住得近,十年之前就替我申请移民。那时我还说不必办,我在欧洲住得好好的,办好了怕也不会来。后来这桩事也就渐渐地被淡忘了。但十年来我多次到美国探亲游玩,来纽约次数最多,从中国城到整个曼哈顿的纵横大道街衢,随时可遇到的东方面孔,举目即见的华文报摊,东方书局,世界书局,大都会博物馆,古根海姆博物馆,各式各样的餐馆,入夜后五光十色的霓虹灯,静静的哈德逊河,自由自在的生活方式,都是我所欢喜的。

我给纽约的解释是,有西方式的便利和现代设施,但是对一个移植过来的中国人来说,并未完全脱离中华文化,如果说在欧洲必得做个百分之百的异乡人的话,在纽约最多一半,甚至三分之一。这一代海外中国移民普遍的流浪感,在纽约可以减至最低。所以当突然收到驻瑞士美国大使馆寄来的绿卡排号通知时,我便面临抉择:若来,则需即刻行动,不来嘛,便彻底放弃,死心塌地地永居瑞士。

经过一番严肃的考虑,我便收拾部分衣物书籍,找货运公司水运几十个大纸箱,到纽约做个欧美两边飞的新移民。理由是,既然喜欢纽约,为什么要放弃,人生一世为的不是追求较快乐的生活吗?何况我已不是刚到海外时的那个年轻人,海外的岁月流逝得特别快,转眼间老之将至。

目前两个儿女已在美国,儿子性格最像我,也像天生流浪的民族一般,偏爱东奔西走。他书又念得好,机会多的是,谁知将来到哪一国。若留在瑞士,说不定有天就剩下个孤单的我。再说这儿还有妹妹数个,姐妹相伴亦是另有一番温馨。分析的结果是,没有拒绝来纽约的理由。我便来了。

做了一年的纽约客,见闻、体会、参与,都不算少。纽约面貌多种,是地球上最具特质的大都会之一,缺点固然可以举出一堆,优点倒是更多,只要你不犯法,就可任意地过适合个人趣味的日子。而且,不管你来自哪都可找到些许属于母体文化的光影。

每天早晨起身后,我的第一件大事就是穿上厚夹克,戴上黑眼镜,以"掩耳盗铃"的心情,遮盖头未梳脸未洗的不登大雅之态,匆匆跑到步行五分钟之遥的超市,去买当天的报纸。若是早餐时无报可读,岂不比喝热咖啡缺少加奶油的牛奶更乏味。

纽约的治安不算好,有些区域街道不够清洁,市容简陋。但整个地说,纽约城包罗万象,经济、商业、文化、艺术,无一不活跃蓬勃,洋溢着丰沛的生命力。久居纽约的人,换个城市住怕会觉得缺少了点什么,产生若有所失的不习惯吧,我想。

日日是好日

纽约一年,在写作的本行上可称了无表现,只发表过寥寥可数的几篇文章,倒是在实际生活上过得不坏,每日浑浑噩噩,得过且过,三天五天地和亲友小聚一番,或吃或谈或参加什么文艺性集会。纽约的艺术品展览会终年看不完。我自幼爱京剧,在欧洲的那些年,可用"终岁不闻丝竹声"来形容。到纽约使我大解想听戏的饥渴。这儿有的是大陆来的名角,业余票友也多,朋友唱戏少不了邀我去欣赏,前去捧场何乐不为。加之对名利地位我一概缺乏兴趣,无欲则刚,日子也就过得既不紧张也不寂寞,堪称逍遥。

原有几位相识经年的老朋友,一年中又交了不少新朋友,他们之中有的与我同行,也是写文章的,但也有那对文学并无涉猎,完全从事着另一个行业的。当然,新朋友中免不了有些虽属初见,却像相识已久的知己:我的读者。无论哪类朋友,我都确认他们具有相同的本质:坦诚、善良、正直。我选择友人,并不问他或她的地位财富或摆出的派头如何,只观其言行是否像个好人,与我是否有共同语言。因为有这样的原则和自信,交友的经历便相当愉快。曾有人问我:何以只来纽约一年,就交下不少朋友,秘诀是什么?我答曰:交朋友谈不上秘诀,有诚恳,能宽谅,讲信义,不嫉妒的人,都能交上很知心的朋友。

童年时代我便养成个很不健康的习惯:躺在床上夜读,很多文学作品都是那么读得的。几十年过去,至今仍觉夜读为莫大享受,晚睡晚起顺理成章,早晨睁开眼睛往往已是红日满窗。对着新一天的开始,我总怀着喜悦的心情迎接,缭绕不绝如缕的思绪,竟也常在这时清晰来到脑际,让我像站在一面镜子前那样,看到透明的自己。间或有前尘往事渺渺而至,或情不自禁地思及未来,唯有那都不属于此刻的我,此刻的我是活在当下,要抓住的是现在。

近几年读了不少宗教方面的书,虽未皈依哪一门,对其中一些理论倒是拜服,不知不觉中人生观竟也受到影响。我想人生无非为百代之过客,在巨大的寰宇之间,渺小得不如沧海一粟,生命的本质又那么脆弱,有限而短促,活在人间是光明美好,偶然又尊贵的事,如果我们不知好好地活,宽容地善待生命,该是多么愚蠢!

在人生的字典里,永恒是奢侈得几乎永难实现的境界。哲学大师叔本华说:"每一刻现在都是过去。"这话睿智,人其实就活在一连串的过去里,而未来又不是我们能控制的。我们所拥有的真实,唯有今天和此刻。每个今天活得好,此生便不会虚度。因此我十分欣赏佛家给人世尘间的建言:"日日是好日。"并自励要天天过得好,善待人生。

说来像做梦一般,千年遇到一次的千禧,竟叫我辈赶上了,何等幸运、巧妙!时间的巨掌推动着人类和万物前行,让我们以欢愉的心情迎接新世纪。

在布达佩斯吃火烧鲤鱼

有那么一段时间,我的日子过得颇逍遥:60年代,在山光水色的瑞士,腻在颜色盘里,做美术设计师。还没开始写文章,先生是搞科学的,两人世界的生活很安定。他常到不同的国家去出公差或开科学会议,我年轻好玩,总能忙里抽闲跟着去游逛。去了不少国家,看新奇事物,吃各式各样的风味美食。

印象深刻的是在布达佩斯的一次。那时东欧仍在铁幕之中,匈牙利算是最开明的,有幸承办大会,显得非常卖力。但入境时的一番盘查,也够让人提心吊胆。

时间太久远,记不清是暮春还是初夏,会期仿佛四五天,瑞士的出席者六人,其中除我之外,另一位女士是艾泰莎。那个年代搞科学的女性不多,艾泰莎青春正盛,白肤金发,据说离过婚。同来的尤斯仿佛十分倾倒,跟前跟后,显得很是亲密。我不免有些困惑:尤斯是原籍波兰的流亡学生,和外子是工业大学的同学,两年前娶了瑞士女子为妻,两家平日有些往还。

"他们俩属同个部门,又都是东欧人,谈得来嘛!"先生为我解释。我想:对呀!艾泰莎是匈牙利人,不是说要带我们去吃她家乡传统名菜"火烧多瑙河鲤鱼"吗?"小时候父母带我去吃过,外焦里嫩,味道独特。"她说。我忙问:"这么多年,社会变迁,餐馆还在吗?""她堂兄说还在。"尤斯笑眯眯地代为回答。于是大家决定:一定要吃那味道独特的名菜。

大会结束的前一天,一行八人同去吃"火烧鲤鱼"。黄昏前的薄暮中,走过一条窄长的石子路,在一条相当冷清的马路上,终于找到那家门面毫不起眼的餐馆。

想不到里面人气沸腾,三四十张桌子坐满一大半,香味扑鼻火光熊熊,几张桌上正在"火烧"。气氛令我甚喜,几天来的戒备之心大为放松。坐定后由艾泰莎做主点菜。那头发花白的侍者推荐:"吃火烧鲤鱼不能少了皇帝煎饼。""皇帝煎饼?以前没听过!"艾泰莎问。"新添的,前年才上市。"侍者笑眯眯地说。

正菜之前先喝鱼汤,匈牙利鱼汤是出名的,卖相就不平凡,红艳艳的一碗浓汤,喝到嘴里又酸又辣,配着洋山芋粉烘烤的小面包,甚是开胃。不一会儿鲤鱼也来了:肥肥的一大条,眼睛睁得直愕愕的,鱼身上浇了些作料,颜色悦目。艾泰莎解释:"鱼已经半熟,经过火烧更入味。"

那热心的侍者一边端来沙拉和"皇帝煎饼"之类,一边嘴也不闲着:"多瑙河在欧洲属第二长,仅次于伏尔加河。流经九个国家,数匈牙利的鲤鱼最肥美,'火烧',是我们老祖宗传下的秘方,除了这里没别处能吃到。"他挺骄傲地说着,打火机啪的一响,桌子中央的大鲤鱼已浑身是火。

火苗足有两尺高,鱼身发出些微的爆裂声,鱼头鱼尾渐渐往上翘,火势由盛而衰,终至熄灭。被火烧过的大鲤鱼眼珠瞪得更大,鼓溜溜的通红,看上去有点恐怖。侍者已摩拳擦掌地给大家分鱼。"火烧鲤鱼"名不虚传,果然外焦里嫩,香喷喷的爽辣可口。

匈牙利啤酒味道不错,一桌人吃着喝着,说着幽默笑话,甚是愉悦。只是同来的皮尔显得太安静。且见他摘下眼镜,放下刀叉。大家忙问哪里不适?皮尔腼腆地用手帕擦去额头上的汗珠:"太辣!"

"啊!真抱歉!匈牙利菜重辣,忘了问哪位不能吃。"艾泰莎满面歉意。尤斯道:"给皮尔叫点别的吧!"皮尔是法国人,大学毕业不久的青年,在会场认识尤斯的。于是给他叫了一份水煮香肠,酸菜配洋山芋。

后来事实证明,我的感觉并没错。尤斯和他的妻子离了婚,据说理由是"已失去相互了解,爱情不复存在"。接着他便与艾泰莎结婚。还请些知近朋友吃喜宴,包括我和先生在内。

艾泰莎穿着莎内牌的高贵套装,左边坐着春风满面的尤斯,右边是她六岁的儿子。新婚夫妇坦言已相恋两年。有情人终成眷属,我本该替他们高兴,但不知为什么心里竟总像堵塞了什么似的别扭。特别是偶尔在街上遇到尤斯的前妻,便会忆起在布达佩斯吃火烧多瑙河鲤鱼的事。最忘不了的是那鱼被火烧后,瞪得又鼓又大的红眼珠。

随感四题

模范母亲

每年的母亲节,坊间便忙着选举模范母亲。声浪高,各方忙着提名,要选出足以给众人做表率的,十全十美的标准妈妈。

数年之前,也曾有人问我:愿否做一次遴选模范母亲的评审委员?我以有其他安排而婉拒了。事实上所谓的"安排"是推辞,真正的理由是我不知怎么选,标准在哪里,什么样的母亲可作为模范。总之,对我来说,不知由何选起,也不知为什么要这么做!

一个母亲为她孩子的所作所为,全是由内而外,爱的延伸和行为,而母爱,是人类爱中最自然、原始,也最持久不变的。其实不仅人类,动物也一样有母爱,连凶猛的老虎也"虎毒不食子"呢!何况万物之灵的人。母爱是上苍赐给世间最美好的礼物。人与人之间一切的爱都需要条件,都有变化的可能,唯有父母之爱,既无条件亦永不会变,且两者之间,母爱犹胜于父爱。当然也有那血液里没有多少母爱的女人,但究竟属于例外中的例外。母爱是人性中最深刻、高贵的感情,其悠远与伟大不容否认。在社会人心和观念价值越来越趋向物化和市场化的今天,更弥足珍贵。

一个母亲给她的孩子的爱有多深,在她孩子的心里是什么感受,对她儿女的人生有什么样的影响,完全属于亲子之情和家庭生活,是最私密的个人感觉和事态,个中况味如何,第三者怎能知道?由一些不相干的人,仅凭着外观表象或现实价值来评断一个母亲,是荒谬可笑的。尤其不该的是,还要像竞赛似的比一比,这个母亲足以做模范,那个母亲略逊一筹。请问谁有资格说这个话?

记得有次在报上读到,一位模范母亲当选的理由之一是,她把四个儿女都培养成了博士。博士的母亲就是模范吗?是否太现实了呢!在当今这个以功利得失论成败的社会上,母爱差不多可以说是人间最后的一块未被污染的爱的净土,是无法比高下的。

我看钻石

记得很多年前,一位好莱坞的艳星访问台湾,记者指着她手上的大钻戒问:"您喜欢钻石?"艳星道:"没有女人不喜欢钻石。"我直接的反应是,她说的不对,因为我就不喜欢钻石。

我不喜欢钻石,不是因为钻石不美,其实我当时总共只看过一枚钻戒,是母亲从娘家带来的嫁妆,黄金框子镶着一粒亮晶晶的钻石,非常美丽。但我认为那只能供欣赏,不能戴在手上,原因是怕沾了俗气。那时我已看过许多文学书,心醉如痴,作家梦已开始,最怕的是庸俗。在我的观念里,穿金挂银,手上戴着亮光闪闪的戒指,平添尘气而已,要那劳什子作甚!所以我是任何首饰也不戴的,母亲想给我一点什么,立即连声拒绝。

想不到的是,天下事日久会生变,包括自己的思想和兴趣。进入中年期,我竟对钻石宝石之类的饰物大感兴趣起来。走过珠宝行的橱窗,也像很多女性一样,会停住脚步细细欣赏,心中不由得生起喜爱之情,索性买来据为己有。有那么一些年,我确可算得珠宝的爱好者,为这项嗜好花了不少钱。到外国去演讲,没有钞票带回家:演讲费已买了珠宝首饰。先生每到外国开会或出公差,也会给买个戒指或项链之类。

不知是看尽人海沧桑,还是悟出了世间繁华如梦,瞬息即过。近年来,对珠宝的态度,又回到最初的原点,了无兴趣。但理由并非因原先的怕"俗气",其实像钻石宝石那么华美高贵的东西,一点也不俗气。主要是我看它没用,怎么看都是身外之物,与一个人的内在毫无关系。如果是个快乐的人,不戴珠宝照样很快乐,如果不快乐,即便戴一枚十克拉的火油钻,就算得到快乐,那快乐也是短暂的,不会在心里生根。说穿了,再光灿名贵的宝石也只是一粒石头,当然钻石也不例外。

不老的容颜

没有人不希望永葆青春。翻开报章杂志,总看到一些

《如何恢复青春》之类的文章,教人怎样保护皮肤,怎样洗头发,吃什么样的食物防止衰老,增加美丽,等等。一些大大小小的美容院、整容中心、纠正五官的诊所,如雨后春笋般开了起来,都标榜着助人留住青春。

爱美,怕老,乃人之常情,原无可厚非,但我认为,美容或整形手术是帮不了多少忙的,就是脸上皱纹被熨平了,垂下去的眼角被拉了起来,发挥的效用也甚有限。五十岁不会因这一熨一拉变成四十九,就算别人赞"如三十许人",自己心里也知道青春并未卷土重来。若原有腰酸腿痛的老人病,也不可能因表面上看来年轻一点,就霍然痊愈。如果已到非用老花眼镜看不清书报的地步,还是得戴上老花镜才不至于眼前一片灰茫茫。

美容手术的作用,充其量是遮遮人的眼目,造成一个年轻的假象。在内心里不会有多少效果,该老的时候还是要老。在人间过了多少个寒暑,一本账肚里明白,不管别人说多么年轻,自己也知道已到人生的那个阶段。所谓晓得了别人,骗不了自己。心理的年轻比形体上的年轻,对生活的影响力更大,而这是最高明的整容医生也帮不了忙的,要想青春多停留些时候,非求诸己不可。

当一个人外形的青春逐渐消逝时,内在思想和处世境界相对地益趋成熟。那是另一种青春:智慧的青春。这种青春不受形体限制,相反地,可能更美丽,更充实。青年时代的浮躁之气,争强好胜之心,遇事的冲动莽撞作风全没了。代替的是安详,平和,大度和慈悲。也许面孔上是有几条皱纹,皮肤确实缺乏弹性,可那张脸上洋溢着另一种让人敬爱的光辉。高贵的情操是最佳的美容剂,那种美,是从内里发出来的,要比外表的美丽强韧、持久。一个能真正地爱世人,或爱事业、爱理想的人,非但不容易老,眉宇间还会有一种开阔自信之美。如果因怕老爱美而悲叹青春远去,倒不如把自己从"自我"的象牙塔中放出来,敞开胸怀,放眼天地,在有限的人生旅途上,觅得一份永恒的青春。

银发族的人生

日前与朋友谈天,她说心情不好,原因是感到老之已至,前景黯淡。我看她确实显得无精打采,好言劝了半天。

现今科学发达,医药进步,保健的方式日新月异,人类寿命明显地延长了许多,活到八九十算是平常,据说未来人的寿命会更长,当下的世界已逐渐进入高龄社会,是不争的事实。欧洲、美国和其他地区一些工业发达的国家,老年人增长的数目比我们预期的更迅速,已然对整个社会造成冲击。这些人该怎么活?如何自处?正是社会学家们急于研究的课题。

现代的年轻人很大部分不喜生育,就是生也只要一两个孩子,极少像以前那样,听其自然,一生就是四五六七个。咱们中国人认为代表福气的"儿孙满堂"的局面很难再现。几代同堂的情况越来越少,一般都过小家庭生活,想要含饴弄孙并不一定行得通。站在自己脚上过日子,乃大势所趋,老人成了一个特定族群,不知是谁给这族群取了个"银发族"的名号,银发族要自创生活乐趣。

老,并不可怕,可怕的是对老的畏惧。人生之路漫长,每个人都要从青春年少走到白发苍苍,最后走入永恒的死亡。此乃上天赐给人间最公平的道路,谁也不能改变或幸免。人到老年,受体力和环境的影响,生活范围也在缩小,来日苦短的肃杀气氛,似乎已在不知不觉中形成。

人的一生,都在为了生活、家庭和事业拼搏,总是责任缠身,免不了劳心劳力。走到老年,已在工作岗位上退休,儿女们也自立门户,该尽的责任都完成,此时此刻正可轻松自由地过自己想过的日子,做以前想做而没时间做的事。

走入黄昏夕照,不代表生命的光辉尽失,人生的选择权始终掌握在自己手里,活得好与坏,主要在本身的意念之间。旭日初升固然美丽,夕晖的灿烂何尝不别具风华。

心灵深处的触碰

记不清楚是哪年的冬天,天下大雪,鹅毛大小的雪花,在空中飘舞,漫天漫地一片净白。我坐在楼上的长窗前,手捧一杯刚冲好的热咖啡,音响上放着门德尔松的E小调小提琴协奏曲。乐声悠扬柔美婉转清灵,不掺一丝烟火气,像一道从未污染过的山间小溪,潺潺地从心上流过,把世俗杂念,人际恩怨,一股脑儿冲刷干净,留下的是怡人的爽悦沁凉和逸远自在。这个喧噪的世界,仿佛从来没有过罪恶和争斗,没有黑暗更没有残杀。人与人之间只有互爱与和平。刹那之间,平凡无比的书房,变成了无忧的伊甸园。我慢慢地饮啜着咖啡,悄然神往,不自觉地走近那些大师高华隽美的世界。

若问我:在这纷扰不息的喧嚣世界里,最爱的是什么?

我会回答:西方古典音乐是一个重要选项。惭愧的是,我虽爱音乐,对音乐的所知和欣赏范围实在有限,经常接触的,多为声乐和小提琴曲。这个范围之外的,如管弦乐、交响乐和钢琴曲,只怕连一知半解的程度都达不到。既然能触及的只是音乐领域中的小小一角,我便守住那一角。其实那一角已是内涵繁复深如浩海,就算穷我一生之力,怕也难入殿堂窥察究竟。

在欧洲的那些年,我学会了许多纾解情绪,不许自己悲观,有助生活丰富的东西。聆听美丽隽永天籁纶音般的不朽乐章,曾给过我那么多的感动,激起那么多在别处难以寻求的,足以让心灵震颤的知己之感。我的人生在乐声中变得充实而优美,虽说美得仿佛有点怅惘。常常是在万籁默无声息的深宵,静静地聆听着多年来收集的、所喜爱的那些音乐唱片唱碟。我深深地体会到,音乐给人的感动和相互交流,纯粹是音乐与人之间的私人领会。那情形就如同你读一本心爱的书,或信徒在教堂、庙宇间祈祷一样,得到的感动和启示有多深,是什么样的启示和感动,只有当事人本身得知。

悠扬的小提琴声,常流露出一股哀怨,那种哀怨,绝不是产生自世间生活的爱恨情仇。那是一种出尘绝俗,不沾一点人际社会利害的,发自心灵深处的旋律,交会的对象是无垠的宇宙,是体悟到本身的渺小,对苍茫天地与大自然的谦卑与慨叹。感动于有强烈的美的力量,让人心越发的柔软慈悲。这种感动直触碰到我心灵深处最细微的神经,有宗教性的深刻。虽然我不是任何一个教派的信徒,只是一个凭自身分析的有神论者。

音乐亦是语言,一种发自天籁的语言,不带一丝尘气,也许原有些尘气,硬是被大智慧者用高洁的灵魂给洗涤净了。那种美得让人心魂回荡的乐声,是天神用和平的调子对人间古往今来的历史的白描。我听着听着,悠悠然与天地之间没了藩篱,无屋无墙无瓦,伫立在苍茫人海间,四顾茫然,却见一只鸿雁凌空而过,自如地拍着翅膀。于是我流起泪来,对着无垠的宇宙,对着不知飞向何处的鸿雁。

流泪不一定是因为悲伤。幸福,喜悦,被了解后的舒坦和知己感也会让人流泪。我流泪,是因为内心深处的感动,那是一种心灵深处的触碰,是一种超乎世俗利害的深刻对流。

小提琴之外我更喜欢听唱,特别是杰出的男女高音,那些歌剧舞台上熠熠发光的大明星,含蓄又扬越的歌喉,唱出的不仅是歌声的本身,也是人间审美的极致,那里面隐藏了无限的磁力,紧贴着人的内心中最纤细的感情。当然,一个歌唱艺术家要达到那种境地,从开天辟地数起,也找不出几位。我最尊崇喜爱的美声大家是早前的卡鲁梭,和60年代全球最出名的男高音马里奥·德·摩纳哥,以及德国的鲁道夫·肖克。

女声方面我钟情的也是高音。最喜爱的当推二十世纪名气最大的玛丽亚·卡拉斯和德国的伊丽莎白·舒瓦兹柯芙。她们都是上天格外珍视的女儿,赐给最高的天赋。让她们用美声来点缀这悲喜明暗的尘寰。

欣赏音乐的同时,我也喜欢知道音乐大师们的身世,总想弄明白,那些绝世天才,伟大灵魂,是怎样走过这腐痕斑驳的人世的。

我读他们的传记或简介,明确地感到作为一个文艺工作者,不管是画家、音乐家,还是作家,耐得住寂寞是必要的条件。他们往往因同行相轻,或缺乏人事关系,无人相挺而遭受冷落,饱尝寂寞苦酒,直到死后才被肯定而得名。譬如画家凡·高,短短三十七岁的生涯里充满痛苦和打击,在死后三年,他的作品仍进不了正式画廊,只在布雷达市场(Breda Market)出售,一幅画仅能卖到5分到10分钱。但是现在这些画的价值,是以数百万甚至上千万美元计算的。

再如美国诗人爱伦·坡,只活到四十岁,生前受尽折磨,他在文学上的崇高地位,死后才被肯定。音乐领域里最典型的代表是舒伯特。二十岁就离开家庭租屋独居,为的是作曲工作不被打扰,虽然他还一张曲谱也没卖出,更没任何一个权威评论家,认为他已是一位作曲家。在维也纳的严寒冬季,连买木炭生火取暖的钱都没有。但他从未想过放弃,在身染肺疾的病痛折磨中,仍不舍昼夜、焚膏继晷地创作。三十一岁便离开人间的舒伯特,给我们留下多少美丽的遗产!

莫扎特可称得上是空前绝后的奇才,仿佛生来就是音乐之神的化身。五岁时写下第一个钢琴小品,八岁作交响乐,十一岁开始创作歌剧,不足十三岁时在协奏曲上也大显身手,俨然是一个生而知之者,完全不符合人类智慧发展的定律。他一生从未中止过音乐创作。不单作品量多,质也是最高妙的,很早就得享盛名。可是他的人生并不幸福顺遂,婚姻、健康、经济,全有问题,不足三十六岁就病故,死后居然连坟墓都无处可寻。

乐圣贝多芬的作品磅礴大气,他是另一种天才的典型。其实他的生存环境完全不具备造就音乐家的条件。父亲酗酒,终日喝得醉醺醺,母亲长年僵绵病榻,他在十几岁的年纪,就得打零工负担家庭生计。可他早已觉得自己一身都是音乐细胞,屋角的一架旧风琴,在他的弹奏下乐声悠扬。1787年,十七岁的贝多芬决心用偷偷存下的钱,到音乐之都维也纳,去觐见他所崇拜的音乐大师莫扎特。

从贝多芬的故乡波恩到维也纳路途不近,在那个交通不发达的年代更算得遥远,但他还是去了,到达维也纳就径直去敲莫扎特家的大门。时年三十一岁的莫扎特正在宴客,看到进来的是个浓眉大眼,头发仿佛硬得根根直立的少年,很是讶异,问明来意才知是个崇拜者,想得到他的指教。忙碌的莫扎特也没拒绝,就把自己正在创作中的歌剧《唐·乔凡尼》的乐谱翻开,随手指定一段命他弹奏。贝多芬在钢琴上弹了几分钟,莫扎特的表情就严肃起来。一曲即毕,便把他带到隔壁的客厅,对众人道:"我郑重地向各位宣告:这位叫贝多芬的小朋友,有天会名震全球。"

莫扎特一语中的,贝多芬果然名震全球,在他已死去近两百年的今天,仍是最伟大的名字之一。

然而就算一个最伟大的音乐家,并非谱出的每个曲谱都是杰作,他们和画家作家一样,常常会感到力不从心,也会不时地出现败笔,更会为自认已创出绝佳之作,偏偏无人赏识而痛心。事实上,不管是哪一个领域的创作者,在大量的生产品中,只要有一部真正成功的杰作问世,已足以不朽。例如以作品的总和而论,门德尔松应比贝多芬、巴赫和莫扎特差了一级。但他的小提琴协奏曲,却被后世评为"世界三大小提琴协奏曲"之一。另外的两个是贝多芬和勃拉姆斯的小提琴协奏曲。

这些音乐大师的人生经历,大多是痛苦坎坷,缺乏知音,生活穷困,也有的在情路上饱受创伤。可敬的是,他们对音乐的执着与热爱,不曾因现实的打击有丝毫冷却。如今他们的肉身早已在人间消失,却把永恒的美和大的感动留给人间,让美长存,称得上是燃烧自己美化人间的伟大灵魂。

他们也证明了一个真理:一个艺术大家的不朽与否,作品创作当时的评论不见得就能成立,后世也许另有公断,真正的美是不会被时间淹没的。

浮生杂谈

病房组曲

那天看过胡柏医生,我便住进了医院。好好的一个人,能吃能喝能走,忽然就穿上了医院的白衣服,住进白茫茫一片的病房里,感觉上好奇怪。

其实手术可以晚些天动的,但是六月下旬瑞士作协开会,我人必得到——去年曾缺席,今年再不去,会给洋文友们留下坏印象,以为我不热心。七月初得去比利时开会,接着将去巴黎,与我们欧洲华文作家协会的会友同人商量一年大计,并做场文学演讲。如果不赶在五月底开刀,就会耽误工作;总不能出了医院就提着箱子旅行,适度的休养时间必得留出来,再说先生将去美国,整个六月将留在那儿,家里"两老"都不在总是不太妥,所以要住院开刀就得往前赶,越快越好。

5月27日那天,儿子开车把我送进医院。这家医院,我曾在二十二年前住过,为的是生产。我挺着企鹅一般的肚子住进去,十天之后出来,手里抱个漂亮的眉目如画的小婴儿。时光如快马奔跃,当年的小婴儿已长成大人,我跟他说话得仰起头,穿上高跟鞋才能到他肩膀。他,就是今天开车送我入院的人。

几个月来,我一直生活在不安的情绪中,满心浮腾的尽是古老的快乐和悲伤,很需要在孤独的环境中将心和脑做番检讨与整顿,因此虽然要挨刀受痛,对我倒不算坏事。我是怀着轻松与期待的心情住进医院的。

当了七八天病人,病房生涯是另一个天地,人在安静中观察体悟,反而比平时深入。

胡柏医生的沉默

那天去胡柏医生的诊所看门诊,他立刻认出了我,诊断之后,感慨系之地道:"二十多年了,咱们都快老了。"

我一边应着,心里可就有些纳闷:这样消沉的调子哪像胡柏医生的话呢?胡柏医生是出名的外科大夫,二十二年前曾替我动过手术。他那时三十几岁的年纪,身体魁梧个性爽朗,一开口就是笑话,使病人颇增安全感。当麻醉医生为我注射时,他穿着一身绿色手术服站在一旁开玩笑:"告诉你个秘密,我跟你是同年同月同日生。我不怕,我是男人。女人都是怕老的,越漂亮的越怕。你怕不怕呀?有什么感想?"我被他逗得直想笑,但还没待笑出来,已经人事不知。

那时的胡柏医生真爱说话,每次到病房看我都要聊上一阵。他告诉我,妻子是个教员,育有两儿一女,家庭和乐。他们夫妻正计划在西班牙海滨买间休假房舍,"我喜欢太阳,爱海水浴,等将来孩子长大离开,我退休后,大半的时间要和太太住在西班牙。"他说这话时蓝眼珠笑成一条缝,乐天派的个性流露无遗。

出院后我和胡柏医生间并无往还,但我的一位好友是他近邻,所以偶尔也会听到一点胡柏家的情形。比如他们一家曾到南美旅行,一个儿子参加全省美术比赛得了冠军,后来又在西班牙的马拉加海滨买了别墅,等等。我也曾在路上遇过一次胡柏夫妇,胡柏太太是个纤秀细致的美妇人,言谈举止充分表现出知识妇女的优雅。令我惊奇的是,这对已经结婚十多年的夫妻,走路时竟然要手牵着手,态度之亲昵宛若热恋中的情侣。可惜的是几年之后传来消息,说胡柏医生的太太患了癌症,又过了一阵子,报上终于注销胡柏家的讣闻,而这时我那位与胡柏家为邻的朋友也迁居他处,我也就从此没再听到有关胡柏的一切。再见面时,就是这次去看门诊,时隔整整二十二年,胡柏医生的变化之大,使我几乎认不出来那就是当年的他。

不到六十岁的胡柏医生头发已脱落得见了顶,而且白如霜雪,找不出一根染色的,他面孔上的皮肤松弛地下垂着,背脊也有些伛偻,最让我感到不习惯的,是他的笑容和沉默。每次来病房,他总挤出一脸微笑,说"挤"真是不夸张,因为谁也看得出,那笑容的后面藏了多少苦涩和无奈。"安心休养,进步情况很好。"差不多每次都是这句话,然后就变成了没嘴葫芦,仿佛想说什么却找不出词句。

这多不像胡柏医生啊!有次护士小姐跟我聊起来,我便说出了这个印象,护士小姐道:"胡柏医生太怀念他的亡妻。其实他有机会再娶很好的对象,但他不肯续娶。据说每个星期天都要到太太的坟上献花呢!""在今天这个人情淡薄如纸的世界上,还有这样多情的男人!""没办法,说不定他再婚也不会幸福。胡柏认识他太太的时候只有十九岁,这样的感情谁能代替?"护士小姐叹喟着说。

那次谈话引起我无限深思,觉得命运的裁判常常无理可讲,人生的得与失或幸与不幸总难界定。《红楼梦》里正月猜灯谜,宝钗的谜语最后一句是"恩爱夫妻不到冬",贾政听了立时心中怅怅,觉得这么小的年纪,说出这么伤感的语句,是多么地不祥。随即灯谜也散了。其实"不到冬"或说"不到头"的,往往多的是恩爱夫妻(离婚的自属例外)。

世间不知多少怨偶,有的甚至反目成仇,互相折磨到两人的人生斑斑损损,伤痕累累,但竟也能吵吵闹闹地混个白头到老。有的相亲相融,明明是婚姻生活,甜得倒像在谈恋爱。这样的夫妻当然渴望偕老,却常被硬生生拆散,生死永别。

胡柏医生的人生被蒙上这样悲惨的黑幕,实在令人同情。唯换个角度想不管死去的还是活着的,爱你的人能这样深沉地怀念你,或你爱的人能使你如此不息地怀念,总是幸福的。如果另一半的去世对你无足轻重,淡然处之,那就表示她或他对你是如何地不重要,证明你的生活是多么空虚、苍白。这么一想,我倒也不为胡柏医生难过了,有人能让他如此怀念,他仍是个幸福的男人。

迎着星星入梦

我有失眠的毛病,到哪儿都得住单人房,进医院当亦不能例外,糟的是这家医院正在改建中,把很多单人病房暂时改成双并式,保留的少数单间只给真正的重病患者,我的病既然算不上严重,便怎么也轮不到独占一室。

好好的一个人,忽然就要进医院当病患,而且与人共室,情绪想不落寞也难,特别是心中一个特殊愿望,前晚关窗时,发现月亮已是大半个圆,闲云悠悠围绕之中,煞是好看,美得令人想到远古,也只有那么美的东西,才经得起时空的磨蚀而永不衰老。翻翻日历,原来是农历十二,那么十五月圆时我将正躺在病床上,这叫人多遗憾呢,我已长久未见晴空满月了,最近天气好,时序又入初夏,如果能够推开书房的窗,请月姑娘带着思念来做次拜访的话,该是多么赏心悦目的事!偏偏在这当口儿进了医院,眼看这点小小的愿望将付诸流水,我好惆怅。

进得病房,很是让我意外,邻床尚无人,一面高约两丈半,直通屋顶的大玻璃窗,正对着我的床,头往软软的枕头上仰面一卧,除了蓝天白云和深深浅浅、糅合了百十种绿的树林顶梢,再也没有别的什么进入视线,这样隽美清纯得不沾一点烟火气的视野,别说我那书房,就是专程地去寻找,怕也难得找到。于是我深深地爱上了这扇大玻璃窗,决心等待月亮上升,迎着月光入梦。

黄昏渐浓,暮色像画师酒醉后的即兴泼墨,漫无边际地流泻开来,染遍病房内外。我频频地注视着正对面的一丛林梢,幻想着一轮差不多满圆的新月,散着一身清辉,冉冉升起。但等待又等待,竟始终不见月亮的身影。而这时护士给我吃下的安眠药已经在发挥性能,困意蒙眬中正准备放弃等待,却在一转瞬间发现天边有几颗星星在眨眼。年轻时爱数星星,坐在田边小道上一数就没完,可从来没有数清过。此刻的星星倒好数,不多不少正好七颗,原来是北斗星。朝北的窗户怎能等来月亮?我忍不住为自己的迷糊莞尔。

没等着月亮,等来了星星,带给人间的喜悦无分高下,都是属于怀念和回忆的,我依稀地感到心灵深处,有颗黯淡了多时的小星星在闪烁复活,宁谧的光辉升华到我的身体以外,与遥遥天际那明亮的北斗会合,交织出一片可爱的安详谐美,我便迎着那堆星星,在怀念与回忆中悠然入梦。

不会睡觉的人,吃了安眠药也才睡了四小时,一觉醒来,忽觉满目生光,仔细往外一看,只见斑斑点点漫天繁星,好个美丽灿烂的仲夏夜!我喜欢得差不多以为自己在太空中遨游,想起不久前回台湾,在飞机上看到的高空夜景:我从来没看过那么多,那么大、亮,和离得那么近的星星——近得仿佛就在机翼之下。那光景令人不得不感动,就像此刻一样。

第二天,我的同房来了,姓米勒,一位和善的中年太太。而这天我也变成了真正的病人,刀口痛得钻心,浑身像麻痹了似的不能动,睡前护士来给打止痛和安眠针,问我可有别的什么需要。我说假如同房女伴不反对的话,我想拉开窗帘过夜,因实在舍不得那些可爱的星星。米勒太太连忙说,她不单不反对,而且也渴望有星星伴着度过长宵。

那些天,我便得以夜夜迎着星星入梦。

生死场

医院是救生的地方,正因如此,接近医院不想到死亡几乎不可能。生与死,原是一刀两面,有生就有死,人从出来那天就往死亡的路上走,是摆得清清楚楚的事实。

如今的人,鲜少有在家里出生的。妇女们生产总是在医院。不在家里生,也不在家里死,当病人病重时家属自会送去医院。所以说,医院是人的生命起始之处,也是结束之处。

我曾住过几次医院。生儿产女自不必提,其他零零碎碎的开刀也住过几次,每次入院时都会情不自禁地想到死,会暗中问自己:"假如现在死了,我甘心吗?放得下世间的一切吗?"

答案当然是否定的。人谁不留恋生命,寻求长命之道是人的努力目标之一,只有厌世自杀的人才会主动地放弃人生。

孩子们年纪小时,我像所有幼儿的母亲一样,对死最感到惧怕。怕的不是自己失去生命,而是怕如果没了我这个活人,谁来照顾我的孩子,谁能代替他们的母亲?因此每次生大病或住院都会紧张,每次自像死过一次的全身麻醉中苏醒,都有发自内心的,再生一次的喜悦和感恩。目前孩子大了,对病和死的敏感逐渐减退,唯还是放不下,松不开。譬如这次入院,光是为了几个人的生活,衣食住,安排他们吃什么,把他们衣服和床单枕头套换洗,该缴的账单缴清,该交代的话交代了,才能带着牵挂进病房。别说死,连病也不敢。

但是万一死了呢?住院前不是都要填张"如果发生意外,不得向院方追诉"的单子吗?可见手术不管动在哪个器官,都不能说百分之百的保险,有些人并非死于手术本身,而是因打了麻醉药长睡不醒,生死的事玄秘无穷,没人说得清。

我试想过,万一真死了怎么办,当然,最不放心的人是我的孩子。我愿看到他们真的长成,在社会上自立,有家有业,直到不需要我的一天,我才能放心真的撒手。还有我的老父,他的顽固和奇特的个性不知给我制造了多少痛苦,但我自心底里爱他,扪心自问,算得上是个孝顺女儿。风烛残年的老人,绝对禁受不住失去女儿的打击。还有我的弟妹们,他们真心爱我、关心我,失去我他们会悲伤、会难过。我自然也不会忘记朋友们,爱朋友、敬朋友、对朋友诚,是我做人一向的原则,也正因此,我有一些真心相交的朋友,我们互信互爱、相重相敬,他们不愿离开我,就像我不愿离开他们一样,还有谁是我舍不下的呢?当然,还有……

人生不知给了我多少痛苦与折磨,但我仍深切地爱恋、欣赏着它。上天给人生命已是厚赐,是神圣庄严的事。我告诉自己,应该好好地珍惜这个生命,在有生之年再做许多事,不要让死亡的阴影来困扰,对于那些自动放弃生命的人,我总觉得是责任感不够,对人间的爱也不够。

麻醉的滋味

为人处世的警语中,有句话叫"难得糊涂",那意思就是说做人不要太精明,不妨憨厚、傻气一些,遇事吃点亏不必在意。

事实上人也实在没法子总活得明察秋毫,那会太辛劳,也会太失望,因为这个世界和我们所置身的社会,甚或在我们周遭的人,都禁不起显微镜般的仔细观察和分析,人和人的世界充满了缺陷,所以只有怀着颗宽容的"糊涂"心面世,才会活得比较轻松。人在快乐时不需糊涂,在悲伤与不如意时,就渴望糊涂,恍恍惚惚一迷糊就可以忘忧,这也正是今天打大麻的人充塞在世界每个角落的原因。

受不了精神痛苦的人需要麻醉,受不了肉体痛苦的人更需要麻醉,上手术台的第一件无可避免的大事就是接受麻醉剂。我住院开刀的记录不能算多,可也颇有几次,故而对被麻醉的经验有深刻的感受。

最早的一次开刀是十九岁,为的是割盲肠。中国人似乎不像欧洲人这样喜欢给病人施全身麻醉,只朝腰椎上打一针,我便像得了半身不遂一般地动弹不得,耳边厢刀剪齐鸣却听得清清楚楚。

十九岁代表的是什么?是懵懂、单纯、寻梦的年纪,是我正在暗夜的十字路口徘徊迷失的一刻。我的人生之大变化,就发生在那间小小的病房里。当我拖着没有盲肠的衰弱身体返家时,人生之路已是另外一条,我在这条路上跌跌撞撞、跄跄踉踉地往前走,直到今天。

后来几次挨手术刀都是在瑞士,在这个科学医学都发达的国家,也不知怎么回事,医生就爱给病人做全身麻醉,不问手术大小。

说起全身麻醉,我就脊背发凉,那感觉实在不好,一针下去,你立刻不是自己的主宰,说得直接些,就像死了一样,每麻醉一次就像死过一次,眼前漆黑置身大荒,虚弱的躯壳与魂魄在闹分家,弄得你不知变成了谁。因此我怕全身麻醉,把这话告诉胡柏医生,他倒解人意,答应只给半身麻醉,像是二十年前那样,让我再体验刀剪齐鸣的境界。平添一番回忆,一番旧梦重温,岂不也是一乐。

可爱的世界

那天同房的太太告诉我:天气预报说今天将有暴风雨。但窗外天色竟是万里无云,一片湛蓝如海,不仅无转坏迹象,简直就是最美的晴朗天。

开刀的伤口渐入佳境,已不那么疼痛,早餐后我照例穿着晨袍,在过道上往返数圈,然后便计划在起坐间里写点什么。不巧我要的地方竟被人捷足先登,只得作罢,百无聊赖中回到病房去,躺在床上看云看树想心事。

不知多少年不曾有看云看树的兴致了,不,不是没兴致,是没时间、没环境。写作、工作、旅行,和说不清道不明的各式各样的闲杂事等,占去了我的全部生活,哪儿还留有空间叫我去看云看树？别人住医院是当病人,我住医院倒像给心灵放假,任她随意驰骋。

连着几天都是黎明前即醒,睁开蒙眬睡眼隔窗外望,只见晨晓的鱼肚白正冉冉浮现,而天角的几颗孤星却还留恋着不肯退隐,郁郁成片的森林在暗淡的光线中,似深不见底的魔窟,给人一种神秘又虚幻不实的感觉。我的意念已破窗而出,奔向遥遥无垠的天地,如果病房的四堵墙壁能够突然消逝,与外面的世界融而为一,该是多么美好的事。我厌倦于拘束和病痛,深感病房像个囚笼,更深深体验到,只有健康的人才有资格享受生命,对于一个病痛缠身的人,谈享受生命便是奢侈。

下午天气实在可爱。艳阳当空,照得大地处处生光,可一点也不觉得热。凭窗凝视着林边的幽径,差不多馋得要滴出口水来,正巧那位照顾我的和善护士玛丽安经过,我便试着问她：是否可以到外面走走？玛丽安很解意地答应了,唯叫我不要走远,半小时内必得回来。

走出病房大楼,像一个久被监禁的囚犯重获自由一样,我首先快乐又轻松地呼了一口气。

慢慢地朝树林边缘的小径走着,那是一条平坦的石块路,往上去可直通举世闻名的油画馆。我这副打扮,一件拖地的紫色丝绒晨袍,一双同色质的拖鞋,一张什么妆也没化的清水脸,怎有胆子去欣赏油画?我的欲望是那么小,仅想随意漫步,看看旷野,闻闻树香,听听林梢的鸟鸣。

那条幽静的小径魅力无穷,惹得我欲罢不能地来来回回荡漾。左边尽是松柏,右边是榆、榕和老得俨然要升到天顶的栗子树,树根旁开着一堆堆的野花,粉红、鹅黄、净白,万绿丛中耀出亮丽的色彩,美得让人移不开眼眸。世人只知名花好看,玫瑰、牡丹、郁金香和康乃馨总得到最多的赞美。其实野花的风华天成,自为一格,飘逸与潇洒是那些温室里的花无法模拟的。

我把眼光从野花老树移向漠漠原野,心被一波接着一波的感动的浪潮冲击着。世界多么美好!这样美的一个世界是让人欣赏、赞美和珍爱,而不是让人咒恨或破坏的,诞生为人,有幸到这世界上走一遭,是幸运的巧合和缘分,应尽情地发挥生命的力和美,且莫等闲混过。可惜的是世人多着眼名与利,争权争宠,喜爱表面荣华,一个被名缰利锁捆住灵魂的人,是很难看到世界真正美丽可爱的一面的。我是多么庆幸,多么感谢,能够从手术房里平安走出,有机会继续爱我所爱的人和这美丽的世界。

半个小时的散步,使我对人生产生了新的感受,虽然我的生命里并非没有悲伤,唯感恩仍是此刻我真正的心意。

人间太美,但若不怀着感恩的心,也无从欣赏。

勿怨红颜

中文是世界上最美、最玄妙的文字,常常是几个简短的字、一句成语或一句名诗,就能把一件事或一个现象形容得淋漓尽致、恰到好处,使听的人看的人都能心领神会,明白那几个字说的是什么。譬如说"红颜薄命",只不过四个字,却能让人明白凡是美丽的女人命运都不太好,不是命短,就是遭遇坎坷,反正命很"薄"、"福"不厚就是了。

自古以来,红颜薄命的说法就存在于我们的观念里,不管文学作品、戏剧,或历史记载中,美人的命多半是很苦的,往往是因为貌美,人人垂涎,而致身不由己,任人像物品似的夺来夺去,满心创痛,委委屈屈地过一辈子。再不就是美人娇弱,感情特别丰富,文才又出众,伤春悲秋,深闺多怨,眼泪像自来水那么多,动不动就哭哭啼啼,折磨自己,最后终至香消玉殒,一命呜呼。让人无法不掩卷唏嘘,仰天嗟叹:"红颜果然都如此薄命乎!"

古时候的红颜的确命运悲惨的居多,像西施、杨贵妃、崔莺莺、董小宛、林黛玉,都是命薄如纸的女子。现在男女平等,在很多方面,女人和男人有一样的机会,既社交公开,又有求学、就业、恋爱、婚姻的自由,照说该没什么可以"薄命"的理由了。然而事实上,现代还是有不少薄命的红颜女子,像电影明星林黛、乐蒂、白小曼等,命还不够薄吗?而且不只中国有红颜薄命的女子,外国照样也有,譬如说好莱坞的红星玛丽莲·梦露,在感情一再受打击之后,自了残生。英国黛安娜王妃,称得上是个顶尖儿的美人,却在青春年华无端地遭丈夫嫌弃,最后因车祸而香消玉殒。这些典型的红颜薄命的例子,是指有名望的"红颜",其实没有名望的"红颜",默默含恨而终或凄凄楚楚挨日子的也有的是。我有两个在年轻时代相当"红颜"的女朋友,就命运不算顶好。不好的原因都是婚姻不如意,一个得了精神分裂症,另一个两度离婚,伤心泪尽,惨不堪言。

种种例子,使我不禁低首沉思:红颜真的一定要薄命吗?命运真就是如此的无理可讲、如此的不可抗拒吗?想了好一阵子,得到的答复是:"并不,红颜不一定薄命,命运也不是长在身上的东西。"所谓红颜薄命,完全是人为的环境和人的性情造成的。

在封建时代,完全是男性的天下,女人只属于闺房或后花园,被各式各样的教条、观念牢牢捆住,说得好听一点是给贬成了二等人,说得难听一点是不依附男人就没办法生存的寄生动物。在那个恶势力横行、弱肉强食的时代,有的是"力拔山兮气盖世"的英雄、恶霸及风流自赏的才子,各类男人都爱美貌女子,但又无尊重女人的观念,刘备不是说了吗,"朋友如手足,妻子如衣裳"。连妻子也不过像一件衣服,不喜欢了就换换,至于非妻子的女子在男人心里的地位,就更等而下之,不消说了。

那个时代,既不流行自由恋爱,也不准许婚姻自主,男女婚配完全得听命于父母,哪怕把满腹才华的女孩儿配给又蠢又笨的大傻瓜,她也得乖乖地上花轿,否则人人都会认为她没有女人的美德。如果哪家的小姐在后花园或门缝里看到哪家的翩翩少年,爱上了呢,那就更是注定的悲剧,多半都无法如愿以偿,而要以"多情自古空余恨"来终场。

在那个女人不能主宰自己命运,以天生的弱者自居,男人的地位比女人高了一大截的社会里,就算不"红颜"的女子,命也好不到哪里去,何况人见人爱,人人想据为己有的美丽佳人。

所以说,在那个时期,红颜薄命是必然的现象。不过造成"薄命"原因的,仍是社会形态和人的思想观念,跟所谓"命"的本身扯不上多少关系。命运除了对肢体和智能有缺陷、幼年无父无母、家庭残缺或横遭天灾人祸者,显得不公平,对其他人都差不多,不会专跟生得漂亮的女人过不去。红颜的不幸是人为的,不是那"红颜"生来就注定了命要薄的。

当今的社会可跟往昔不同了,男女平等之声在世界上的每一个角落叫得山响。别处不管,只说海峡两岸,就已做到了男女平权,凡是男人能做的,教书也罢,做官也罢,竞选某种代表、写文章画画、演戏或做生意也罢,女性都有和男性一样的机会,表现出来的能力也不让须眉。别说今天的男同胞中不会有谁还生着十八世纪的头脑,自认比女人高一两等,想欺侮女人以示男性之威,就算有,他的幻想也只好落空,意愿也无法得逞。今天的女性早把命运掌握在自己手中,不管红颜黑颜还是什么别的颜,全是有着独立人格的独立之身,她不想做的事,谁也奈何她不得。

这样说来,现代的"红颜"该不会受命运的摆布而命薄了吧?事实却又不然,美人命运乖舛、遇人不淑、婚姻不如意的事虽不像古代那么多,却也不是很少,仿佛花容月貌的女子天生就不容易幸福,生了"红颜","薄命"的或然率就增高了似的。倒是一般相貌平常的女性,却多能平平实实、快快乐乐地过一生。

为什么会如此呢?难道真的是天妒红颜,偏不许美人过得称心如意吗?非也,美丽的女子比相貌平凡的女子不容易幸福,是因为一些男人的贪婪、强烈的占有欲、缺乏含蓄优美的人生观以及美女们美丽的自觉、自怜、特权心理。可说百分之百是人为的因素。

我这样说,保不定要"两边挨耳光",挨男女双方的骂。然而我写的,就是我心里想的,最真实不过的见解和看法,不管挨骂不挨骂,都愿坦白地说出来。

我说一些男性贪婪、占有欲强烈、缺乏含蓄优美的人生观,乃是因为他们见到美女,往往不能以欣赏艺术的心情远远观赏,而顿生不能遏止的占有欲望,力求据为己有。

至于美女们呢？因为一向被人注目、赞美、倾倒，就难免不产生一种"美丽的自觉"，觉得"我是美丽的，是与一般相貌平平的女人不一样的，我的条件比她们好，我的生命比她们更有意义"。因而也就不自禁地产生一种"特权"心态，潜意识地以为高于其他的同性，对人生的收获有权力做更高的要求，并且自信有能力也有资格去争取。

基于这种心理，相貌出众的女孩子就显得比一般女孩子的野心大、欲望多，要凭借出众的容貌，争取更丰富的人生。

"窈窕淑女，君子好逑"，漂亮的女孩子都有一群想把她"据为己有"的追逐者。他们各显绝招，有的亮出一切优越的条件，包括前途、家世、钱财，有的凭人长得英俊，有的想以机智幽默的谈吐取胜，有的只知凭一个劲地披肝沥胆。反正每个人都使出浑身解数，以期获得佳人青睐。

在这样的情况下，对人情世故不太通达、人生阅历还欠深的"淑女"，常常会被弄得眼花缭乱，不知所从，加上因美丽的自觉而产生的特权心理，就很容易忽略了真情，便宜了其中最善于造作、言过其实、老谋深算的滑头，或是受不住现实条件的引诱，干脆就任物质征服。做这样的选择,"薄命"的条件就已具备了一半。如果这当儿那佳人能够正视现实,勇敢地面对人生,抱着我既然做了这样的选择,我就咬紧牙关撑到底,环境既不能将就我,我就去将就环境的决心的话,她的命就会慢慢地"厚"起来也说不定。但若不幸她这时产生了自怜的心理,想"像我这样的一个美人,竟然遇到这样一个男人,过这么痛苦的生活,我的命运何其悲凉!"可就糟了,就只好悲悲切切地挨日子,接受"薄命"的折磨了。

反观相貌比较平凡的女子,她们多半自知并非西施王嫱再世,没有因外形的美而产生的特权心态,知道美好的人生得凭借锲而不舍的努力去争取,追求她们的男性也不像追求美女的那么多。对这类相貌平凡的女孩子动心的男性,多是能欣赏内在美,性情比较实在平稳的。这使她易有冷静的抉择,减少"上当"的机会。这一点是不"红颜"的女子容易获得美满人生的主要原因之一,再加上没有自恃貌美而生的骄矜、自怜,在待人接物上就比较能谦虚、忍让,易于相处。她们自然没有薄命的理由。

与其说红颜女子多薄命,不如说想把"红颜"据为己有的贪心男子太多,外界各种各样的引诱力太大,她们被迷惑、失足、受愚弄或上当的可能性,比一般女性来得多。

美的本身没有罪过,对美的要求和崇拜人人都有,像好花、好画、美景受到喜爱,都是因为人性中有崇拜美追求美的心理。但是对人,一般的芸芸众生就难以做到排除占有的心理,这种心理,除了对美的崇拜,乃来自人类最原始的欲念。

很多人形容某个女性美,常会说她是被"男人倾慕,女人忌妒",被男人倾慕我想是必然的,可是女人为什么要忌妒,我就不能了解,大概只能解释说是女人的小心眼在作祟吧!美好的东西、美丽的人,令人眼光过处,心旷神怡,领会到世界的美好,所以爱美之心,人皆有之,女人也不该例外。一般形容女人爱美,多半指女人爱打扮自己,使自己看来美丽动人。其实真正爱美的女人,并不是只求自己美,她更愿意欣赏别的女人美。我是女人,我就爱看美丽的女人,不但爱看,还常常幻想着她们该有一颗更美的慧心,内外皆美,达到美的极致,那才能满足我对美的要求。不幸的是,常常是外表十分美丽的人,偏偏内心不像她外表那么美,她骄矜、自大、特权心理太重。因为内心不美,便影响到原来美好的外形,所谓"诚于中、形于外",心中的境界，便由外观的动作和表情表现出来。我曾看到过好几个外形极美的女孩，可惜她们有的矫揉造作，有的态度张狂，有的两眼望天、目中无人，使我无法不嗟叹美中不足，并为她们未来的"命运"有些担心。一个外表美艳，足以使大多数的异性倾慕追逐，随时会遭到引诱，处处会遇到"陷阱"的女人，若没有足够的修养、智慧，便很容易走上"薄命"的路。

我曾天真地想，如果男人们看美女，能以欣赏艺术的心情、眼光，该是多么美好的事。欣赏美本来是极高雅的意识，但掺入那么多成分的占有欲和贪婪，就流于庸俗了。至于那种利用有利地位，或是已有家室，觉得"玩玩"有求于他的美女是"无伤大雅"的男人，就比庸俗更坏千万倍。那是一种不知羞耻、不负责任、只为满足个人私欲、毁坏别人的自私行为。这类男人在社会的某个角落里特别多，偏偏一些美女又自恃"本钱雄厚"，野心勃勃，偏要到那个角落去探探险，以求获得大名大利，正好把自己送上门去，给"野兽"做捕获物，这也是为什么现代薄命的"红颜"，总出现在某些固定圈子的道理。

一个女人生得娇艳美丽，不是靠自身的奋斗努力，只是上天与父母的赐予,顶多能说是"幸运"——其实真为幸运还是不幸尚未可知,应该是没有什么理由因此骄傲,自认高人一等,而生特权心理的。何况,花无百日红,今天青春年少的美人,就是明天鸡皮鹤发的老妇,到最后,无论美、丑、胖、瘦、高、矮、智、愚、善、恶、贫、富、贤、庸……哪一种人,走的全是同样的一条路。如果漂亮的佳人都能参破这个道理,进退有度,修若有容,勤奋诚恳,保持着清醒的理智做人处世的话,"薄命"有什么理由非落在她的头上不可!

我对搞"妇女解放运动"的某些女同胞,都不太能欣赏,原因是她们之中很多像男人,不像女人,缺乏女性温婉含蓄的美。但是我也不希望受了新思想陶冶的漂亮女孩子们,再以"红颜"自居,更不愿她们遭遇到"薄命"的厄运。在二十一世纪的今天,每个人的命运都该握在自己手里,"红颜薄命"的观念,早不该存在了。

独登雪山

登山访雪是突发的念头。

久别重归,时时都在忙着料理堆积的各类杂事,这天难得空闲,坐在湖边的茶座上品尝一杯新茗,抬头转眸之间,瞥见遥遥相隔的雪峰尖顶,青灰色的山石上覆盖着成片成条的白色积雪。在正午的阳光辉映下,明暗深浅分外清晰醒目。行云过往时腾浮自如的悠然写意,流露出一种引人遐思的雅致,仿佛是古人笔下的雪山图,空灵深远,美得不沾一丝烟火气。我痴望良久,看那似傲然执意要抛下混沌尘寰,昂扬上升,高高自群山中孤立出来的银白色峰尖,有欲走入画中的冲动。

我真的往画中走去,坐上登山的火车,转换三次。因时近午后,上山滑雪的人潮已过,愈到高处人愈稀少。列车缓缓爬行,只觉得峰回路转,忽而由阳光灿烂钻进阴霾的山洞,忽而又从黑洞里蹿出,奔向朗朗耀目的洁白大地。明明暗暗地行走间,有如置身于时光隧道,岁月的河滔滔倒流,不禁忆起那些与孩子们上山滑雪的往事。

那些年里,应说年年与阿尔卑斯山的雪峰有约。每到冬季二月,小学开始轮流着放滑雪假,我照例在度假地租间公寓,提包携袋地带着儿女上山。每天早餐之后,这个从来没有运动细胞的妈妈,穿上全副的御雪装备,领着肩扛滑雪板的小人儿,一脚深一脚浅地,步上被厚雪覆盖的山岗,把他们送到滑雪学校的集合地,交给教练老师。当他们滑了一天雪,晒得小脸黝黑双颊红似苹果,累得像小狗熊般回到原地时,身手笨拙的妈妈已先到来等待。

孩子们上中学后,便逐渐地随着滑雪冬令营去度假。我上雪山原是舍命陪君子,不得已而为之,此刻终得解脱,满心欢喜庆幸,就再也没去过阿尔卑斯山顶的滑雪胜地,日久竟淡忘了雪原秀色。当然,在漫长的冬季,城市里也会莅临大大小小的几场雪。但雪在城市,就像属于神灵世界的仙女走下云端,衣袂飘飘地徜徉在车水马龙的闹市街衢上,既不调和,又辜负了她的出尘美态。

缆车跟着遐思前行,悠悠间到达终站,迎面的大钟正指着三点半,我未着雪靴不敢行远,在站台旁边咖啡馆的宽大露台上,找了个朝向斜晖又近栏杆、视野可极目驰骋的座位,安顿下自己。滚圆的腰上束着镶花边的小围裙,脸上泛着山区居民特有的红润健康色的中年女侍,已笑容可掬地站在跟前,用生硬的英语问我想要些什么。我用德语回答说想要一份蔬菜汤。她便用涂了红色蔻丹的手指,敲了两下那梳着雀巢式发型的脑袋,大叹自身有眼无珠,把归人当了过客。我说不妨事的,她有绝对的理由如此判断,她的职业本是接待一批又一批的过客。

那女侍听了好像如释重负,笑得嘻嘻哈哈。其实我更想说:包括她本身,谁又不是过客?在这样连绵无垠的雪峰环绕中,人,显得何等的单薄渺小啊!时间的巨掌自然会慢慢地来收拾我们,最睿智的哲人和最强悍的英雄,也无法改变这项事实。人生固然有限,所幸这条道路够长,并充满创造性,如果能走得坦荡虔诚执着,不曾荒废或失落什么重要的生命景点,就算丰满的美好旅程了。做个过客又何妨!

热腾腾的蔬菜汤端上来了。这是滑雪山区一种迎合时令特色的食物。汤是用牛骨熬的,内容是切碎的洋葱、西芹、青蒜、西红柿、胡萝卜、卷心菜、鸡肉和大粒的薏仁米,黏黏糊糊地炖成一锅,味美又富营养。滑雪的人不宜吃得过饱,中午休息时来碗蔬菜汤,加上两片全麦的黑面包,再叫一杯殿后的咖啡,即可称茶足饭饱,堪以应付下午几个小时的体力运动。

我慢慢品尝着香醇的浓汤,凭栏极目四望,只见不远处两个登山吊梯正在徐徐往上滑行。依梯而立的人像被串联成一条五彩缤纷的长龙,沿着峻险的斜坡,任由钢索牵引着攀上峰巅。原来这两千米的高度,对滑雪技术高超的好手仍嫌太矮,他们要站在离天空最近的一块地上,滑向熙熙攘攘的人群。

我静静地观赏着白色雪原上的红男绿女,看他们由高处似飞地惊鸿而过,姿态轻盈帅气得宛若鱼游于水,展现出无限的生命与活力,风驰电掣地滑下远不见底、被厚雪掩盖了整个秋冬两季的谷地。下去又攀着吊梯上来,再潇洒地倏然滑下,反复来去地匆匆挥洒之间,倒像刻意要传递佛家所言尘世轮回的消息。

我想,人能在有限的生涯道上,活得愉快美好,是因可体会到人与人之间相互的关联,一代接着一代,绵绵延续承传不息。虽说人的肉身是赤裸裸地孤独来去,但在生存的过程中,却是充满着同为人类的温暖:呼吸着同样的空气,观赏着同一日月星辰,在同块大地上活动,最后同归于泥土,彼此之间的关系是多么密切。

我再想:假若此刻没有周遭的人,偌大的露台上只有一个我,在这儿环顾空荡荡的雪山,没有红脸蛋的女侍送上一碗浓汤,亦没有技术娴熟、姿态优雅的滑雪人供我欣赏,抬头是找不着边际的云天,垂下眼看是被阳光辉映白得透亮的冰雪旷野,既无人迹又无人声,可该是个什么样宇宙洪荒的景象!于是,我心中溢满感谢与感动。感谢上苍为我们创造了这个谐美的人间世界,更感动它用爱和关怀将芸芸众生串成一气,使每个孤独的个体,隐隐间都能感受到些许来自人类的和煦暖意。

夕阳随着我不着边的冥想渐渐偏西,我惊觉已是下山时刻,若待太阳落尽,黄昏来临,气温骤然下降,雪山变为冰山,我的这身城市装备怎够御寒!而且地滑鞋薄,弄不好滑上一跤,岂不是糟。正巧下山缆车轰隆隆地蓄势待发,一个靠窗的佳座虚位以待。冷傲凄艳的雪峰峻岭原非我久留之所,回到那个熟悉的、被污浊熏染、噪音充塞、琐杂事物纷攘,却住惯了的凡俗社会,此其时也。

朝着洁白纯净的雪峰做了最后一瞥,告别的语言是心中深沉的感触。何时再来?还来不来?都说不上。我畏寒冷又惧临高,纵扮雪山过客,也许只具资格获取这短暂相聚的缘分。山不在高,有仙则灵。两个小时的凝眸寻思,沉醉于自然的雄浑美景氛围,已够永恒。在盛装记忆的提篮里,我确知不会缺少一颗与白雪奇峰有关的美丽果实。

苹果树的故事

我的院子不大,里面的树却不少。十二年前我们刚搬进来时,光是苹果树就有三棵,其中最大也最受到我们喜欢的一棵是 Golden‑Delicious,我把它翻成中文叫"金美味"。

我们是六月间搬进来的,到了九月底,"金美味"已是满树黄中透红的果实,每个苹果都有饭碗那么大,摘下一个尝尝,香甜清脆、多汁爽口,真使我们高兴极了。

不过,苹果虽好,树可有好几丈高,除了最下面摇荡着的一些,上头的全拿不到。外子和我,都是城市中的人物,对果树向无经验,正在为采不到苹果而大伤脑筋时,有天经过一家庭院的大门口,见那家主人手上拿了个一丈多长的竹竿,容易得如探囊取物般,从树上取下一个个通红的大苹果。再仔细看看,原来他这竹竿并非等闲,竟是一个奇妙的巧机关。竹竿的顶端,是由铁条做骨、皮子做肉,两片像嘴唇样的东西,竹竿的底下,手握着的部分,有个开关,只要一按那开关,上面的"嘴唇"大大地张开,每张开一次,就可"咬"下一个苹果。

我们观看了好一阵,对那大竹竿的神奇欣赏不已,决心如法炮制,也去买一个。

瑞士人个个爱园艺,专卖花园用具的商店到处都是。经我一描绘,那个富有经验的店员立刻就明白我要什么,他问我希望要多长的竹竿,可以为我定制。啊!原来竹竿还可以按照希望的长度做,那当然是越长越好,长度够才能采到树尖上的苹果呀!于是我说要五丈长。那店员听了笑道:"太太,五丈太长了,第一怕没那么长的竹竿,第二就是有也太重,怕你也拿不动,一般的都不超过两丈。""好,那就两丈五好了。"我说。

等了三天,夹苹果的竹竿做好了,果然十分好用,这边一按开关,那边两片大"嘴唇"就张开,那些漂亮的"金美味",就被一个个地夹了下来。不过,那个采果夹的竿子虽然只有两丈五,重量可相当不轻,采不到半篓苹果,我的双臂便累得麻木了一般,再也抬不起来。举头看看苹果树,只见还是满树的"金美味",仿佛一个也没少,越是在高处的越是又大又美,越是无法攀摘,而且就算这竿子的长度再加上一倍,也未见得能把树尖上的那顶诱人的几个摘下来。

手上扶着大竿子,眼睛盯着藤篓里的苹果。我感叹地想:"依我这速度,怕得用两个月的时间才能把树上的苹果摘光!"

我正像泄了气的皮球般不知该怎么做才好的时候,忽然听到有人召唤,转眼一瞧,只见邻居史丹纳先生双手搬了一架大梯子,他的太太手里拿着一个装米的麻布袋,两人开了后院的门,径自走进来。

"你们是第一次有果子树吧!采苹果怎么能这样采法呢?那个夹子只能偶尔用用,当它好玩,这么一大树的苹果,要靠它还得了吗?让我帮助你吧!"史丹纳先生说着把他的梯子架在树干上面,再接过他太太手上的麻袋,挂在颈子上,就灵活得猴子般地爬上了梯子。

"我的先生是农家子弟,对这种事有经验。"史丹纳太太解释说。

史丹纳先生果然身手不凡,只见他爬在梯子上,摘起苹果来快得和捡豆子一般,不上十分钟工夫便装满一麻袋。他的梯子也非寻常之物,而是三层的,像救火队用的云梯一样,可高可矮,连树顶尖的苹果也能一举手便摘到。只是,看他站在梯子顶端那副摇摇晃晃的样子,我确实担了好大心思,就怕他因为我们帮忙而出了意外。

这时正在实验室忙得不可开交的外子,已被我用电话召了回来,一方面让他分享"秋收"的乐趣,另一方面让他见识一下,史丹纳先生是怎样采苹果的。

史丹纳先生每采满一袋苹果,便倒在藤篓里,每倒满一藤篓,外子便搬到地下室,装进专放苹果的木架里。为了感谢史丹纳先生的大力协助,我们特以五分之二的苹果相赠,直接放进他们的地下室。到傍晚时候,整棵大树上的苹果全被摘光,只剩下枝枝叶叶,看不到一个"金美味"了。而我们的地下室里,充满了苹果的香味,虽然已送了五分之二给史丹纳家,还是堆得一座座小山般,俨然水果行的仓库。

见收成如此丰富,苹果又肥大味美,我们两人都喜不自胜,认为拥有这样一棵苹果树,是既幸运又有趣的事,决心也买史丹纳先生那样一个梯子,以便自己能爬到树上去完成收成大业,不必再求人。

"我们要'站在自己的脚上',总不能指望依靠别人。"我们齐声说。于是,那个周末就买了个三层的云梯回来。

我们每天吃自己家里出产的"金美味",心里觉得非常满足。那时我正在一家印制公司担任美术设计师,每天早出晚归,中饭多半在公司吃,便每天上班都提取一袋"金美味",当作饭后水果,分给同设计室的同事们共享。同事们都赞美"金美味"品质细嫩、汁多,个个吃得津津有味。人家称赞我的苹果好,我当然心里很舒服,所以虽然每天提着袋子到公司,也不觉得麻烦。但"金美味"的产量实在太丰富了,这样每天一袋,提了三个星期之后,似乎也看不出地下室堆着的苹果减少什么,依然还是满坑满谷,满眼都是苹果。最糟的是,我发现那一个个又黄又红,青春饱满的果子,全出现了老态,不单外面那层皮变得皱皱巴巴,切开来,里面也起了些浅咖啡色的点子。又过了几天,整个地下室充满着腐烂苹果的气味。而这时,另外那两棵晚熟的苹果树,也都已果实累累,一枚枚通红的苹果神气活现地挂在树枝上,好像在威胁我们:"你再不把我摘下来,我就给你好瞧的。"说罢只听得熟透的苹果掉在院墙外石灰路上的声音。那声音使我好心惊,因为意味着我得拿着长柄扫帚,到院子外面去扫街,我们的果树弄脏了街道,我不扫谁扫呢!

我和他,谁也没想到苹果会泛滥成灾,一时全没了主意,只有你看看我,我看看你,干瞪眼的份。

我们无计可施,只好丢苹果。

在瑞士,倒垃圾要用政府当局规定的统一垃圾胶袋,如果不合标准,收垃圾的车子来了也不管。那种胶袋一般百货商店都卖,一卷二十个,我买了三卷,完全用光,足足装了六十袋"金美味",摆在大门口让垃圾车拖走。看着装垃圾的工人把那些袋子丢在车上,我才大大地松了一口气。

接着,深秋来临,树上的叶子开始往下落,"金美味"树大招风,又有一半的枝干伸在院子外,不单撒得半个院子都是枯黄的叶子,连院外的路上也落得厚厚一层。起风天气,那些落叶就像亡命之徒,被风追赶着到处乱窜,弄得满街干叶子不算,还跳进别人的院子,"祸"由我们家的"金美味"而起,自然又得我们来收拾,两人下班回来之后,第一件事就是匆匆忙忙地换上衣服,到外面去扫烂叶子,扫了装进垃圾袋里,最高的纪录是一天装了十袋。

好不容易秋天过去了,树上叶子落尽,天开始下雪,我们这两个业余农人才能稍稍享受一点轻松,不必再伺候"金美味"。可是,虽说目前不用伺候,想想来年将要故事重演,也够让人担心的了。

第二年春天,"金美味"领风骚之先,早早地就开满一树淡粉色的花。不用说,这又是一个丰收之年,路人经过,都用赞美与羡慕的口吻说:"这棵苹果树花开得好多哟!怕不结三五百斤苹果。"听了只有苦笑的份。心想,结三五百斤是不成问题的事,可是让我怎么处置它们呢?我愁极了,决心未雨绸缪,预先想出应对的办法。为此我特别买了两本有关果树常识的书,从头到尾读了一遍,才知道"金美味"在普通的温度下,只能保存四个星期,如要长期保存,必得用一种特制的"苹果保护机",在一定的湿度和特殊气体的保护下才行,市面上的"金美味",就是用这种方法保持新鲜的。

知道可以有方法保存"金美味",我真的大喜过望,叫先生赶快到他公司去打听。

"你们公司连飞机引擎、原子发电炉、轮船内燃机都做,一个小小的'苹果保护机'做起来该更没问题。快去问问看。"我说。心里就想:假如一个机器要一两千法郎的话,我也愿狠心买下来,花钱一次,可整年有新鲜的"金美味"吃岂不很好。

先生真去打听了,一个最小型的苹果保护机,也要一万到两万法郎,比买一部普通汽车还贵。

"除了农人和水果行,普通人家没有买这种机器的。"他说。

这下我可想不出办法来了,只好眼看着一朵朵粉红色的花,变成一个个绿绿的小圆球,再变成美丽的大苹果。

一天,我正拖着疲惫的脚步下班回来,刚到路口,就看到对门住的松蒂格尔老太太,正弯着腰在地上捡拾什么,丢进旁边一个大塑料盆里。待走近一看,才发现她原来在捡拾摔碎的青苹果。我一眼便认出,那些苹果全是我们"金美味"上掉下来的,因为院子侧面那条路是个斜坡,苹果掉下来就如滚球一般,全滚到坡下的街口。

"刚才一部送货的卡车经过,那车装得好高,把你们的苹果都碰下来了,掉得满地,看着也不太好,我替你捡捡。"

那好心的老太太说着端起了塑料盆。

我看了一眼路边上成堆的烂苹果,隐约地叹了一口气。

"怎么好麻烦你,还是我自己来吧!"我说着把手提包往肩上一背,接过松蒂格尔老太太手上的大盆。天知道,那盆少说也有十几公斤。虽说路不远,但要捧回坡上,且家里还有的是烂苹果等着收拾,使我想着觉得连心都感到累。

我把那些苹果倒在装垃圾的塑料袋中,再去捡拾第二盆,再捧回来,再装垃圾袋,再捡,来来回回折腾了十来次,把摔碎的苹果全捡完了,又拿了长柄大扫帚,把街道打扫干净,才算是大事完毕,而我已累得差不多要瘫痪了。

夏天过去,又到秋收季节,眼见一个个又黄又红的"金美味"一天比一天长大,一天比一天成熟,我真是又忧又喜心情复杂。喜的是"金美味"这样可爱,收成又这样好,大可一饱口福,忧的是那一树苹果,少说也有三四百公斤,谁能吃得了?去年的经验仍历历在心,只那丢烂苹果一桩讨厌的工作,就足以使我不寒而栗,况且暴殄天物也非我所情愿。但是该怎么处置这些大苹果呢?真是愁煞人也。

邻居们见我们的苹果又大又漂亮,结得满树都是,个个赞不绝口,从心里羡慕出来,并纷纷给我出主意。

"你们该去水果行问问,卖给他们,就算一块钱一公斤吧,也可卖三五百法郎啊!"有人如此建议。

那时候,三五百法郎在瑞士也还值钱,听说可以做这样不要本钱的生意,我倒也有点心动。和我们隔了几个大门的太太,不是就在星期二和星期五早晨的农人市场上,摆了个摊子,贩卖他们院子里出产过剩的李子和樱桃吗?洋人讲究的是赚钱为先,职业无贵贱,人家能的为什么我们不能呢?况且我们也不必像那位太太那样去做摊贩,只消和水果行交涉一下,让他们开车来拉去就成了,有什么行不得?如果交易成功,处理苹果的麻烦就可免去,对我们岂不是功德无量的大解放!说不定以后每年都可以这样做,那该多么好?我越想越觉得这是一举两得的好主意。糟的是,想归想,做起来可就缺乏勇气。中国人就是中国人,一涉及钱就不好意思,以水果卖钱的事更是做不出来。探询家里男主人的意见,他急得双手直摇,道:

"绝对使不得,叫人家说起来我们连几个苹果也要换钱,成什么话?"

吃既吃不完,卖又不能卖,正在无计可施之时,"金美味"已成熟到非摘不可的阶段。我们只好把云梯架起,我在底下扶住,他笨手笨脚地爬上去,半天才摘下一个苹果。连着三个周末,才把约全树的五分之四采完,剩下的五分之一是最大最好的,因为全在树尖上,高攀不上,只好放弃。

地下室里又成了水果行的仓库,满眼全是黄里透红的大苹果,满鼻子是清香的苹果味。从地下室的窗子朝外望望,只见另外的两棵苹果树正雄赳赳地立在那儿,仿佛在说:"我们也快要成熟了,赶快让出地方来收藏我们。"

根据去年的惨痛经验,我想无论如何要想法子把地下室里几百斤的"金美味"预先处置,不能等着它们腐烂装进垃圾袋一丢了事。

我想出的主意是赠送。把"金美味"分装在胶袋里,左邻右舍、前街后巷,凡是相熟的每家一袋,那些天我下班回家的第一件事就是出去送苹果。气人的是,该送的都送过了之后,地下室里的苹果才去了一半,另一半还得想法子对付。

我买了好多大纸盒,把"金美味"用软纸包住,小心地装在里面,再封好用绳子捆牢,预备寄给远住在别城的中国朋友。记得那天男主人正从美国出差回来,甫下飞机,连水也没来得及喝一口,就拖着一车装满苹果的纸盒,赶在邮局关门之前,把它们全用快邮寄掉了。

又送又寄又吃,地下室里的"金美味"也还剩下两堆。于是,邮差来了送一袋,查电表的来了再送一袋,不相识的孩子从门前走过也送一袋,一袋一袋连着送了十几袋,才把地下室腾空了。这时连忙搬了云梯去采其他两棵树上的苹果,"金美味"顶尖上那些最大的苹果也因熟透连连往下掉,只听得啪的一声,一个大大的"金美味"就摔得稀碎,跟着的工作自然又是捡烂苹果、扫落叶,把烂苹果烂叶子装进垃圾袋,待垃圾车来了一袋袋地搬出去。

整整两个月,除了吃饭睡觉上班,别的什么事也没做,就在伺候那棵"金美味"。这使我感到精神体力都不胜负荷,尤其为那用在伺候苹果树上的时间可惜。

"我看砍掉它算了。"我和外子说,第一次动了去掉"金美味"的念头。原以为他一定赞成的,因为给"金美味"做奴隶他不比我做得少。谁知他却一口回绝,反对到底。

"这样的一棵苹果树,怎么可以随便砍掉呢?你看谁不羡慕我们的'金美味'?人家想要都没有,我们有了倒想砍?""可是我实在不能再给'金美味'做奴隶了。"我无奈地说。

连着三年,我们就那么辛苦地捡烂苹果,扫叶子,扫街,左邻右舍地送,装成纸盒去寄。虽说后来我不需去上班,改在家中工作,可那时儿子已经出生,抚育婴儿比上班还紧张忙碌,更觉得那棵高大美丽的"金美味"是生活的威胁了。

外子常常到外国出公差或开会,一年少说也有三分之一的日子不在家,那时伺候"金美味"就更成了一件苦差事。秋季渐渐昼短夜长,傍晚六点多已露出深沉的暮色,常常当邻居家的厨房里已飘出阵阵菜香味,我还弯着腰在黯淡的光线中收拾"金美味"落下的残果。而最使我不安的,是独自躺在小床中的幼儿,心里总咕哝着他是熟睡了,还是正在啼哭,弄得情绪紧张之至。到后来,我不但不再喜欢"金美味",简直因它感到痛苦而生怨恨了。

又是一个长长的严冬过去了,当早春来临,人人为大地自寒冷中复苏,树上发出新枝新叶而欣喜时,我独望着"金美味"那一树粉红色的花苞兴叹。

很多事常常决定在一刻之间。"金美味"的命运便是在突如其来的一瞬间决定的。

我正坐在窗前的写字桌上写家信,忽然听到巨大的电锯声,凭窗一望,原来是邻居正在锯除他们院子中间的大核桃树。邻居在与我闲聊时曾经提过,说那棵大树正好立在院子当中,挡住了好多阳光,非设法除掉它不可。

要除去那样大的一棵树不是简单的事,但他们已经付诸行动了,几个园丁模样的壮汉正在拉绳子的拉绳子、执电锯的执电锯,眼看着那棵长了十八九年的大树就要倒下来。

我望了一会儿,主意便坚定了,心想:"此时不就便除去'金美味',则更待何时?"在瑞士,园丁是最忙碌的职业之一,平常想找一个都不容易,何况要一起找三四个。邻居先生在一个农业机构任小主管,说不定因此才会有这个门路,我想我何不去问问,借着方便把"金美味"除掉。

我想着便真去问了。那几个壮汉一口答应,说是待了却大核桃树的事,就来锯"金美味"。

足足又锯又砍地弄了一下午,"金美味"才被切成好多段,只剩下齐泥土高的大小如小圆桌面的一个大根。

当"金美味"高大的躯干轰然倒下时,我无法不感到惊惧和惋惜。但是,心上的压力却在这一瞬间骤然消失了。

傍晚外子下班归来,见漂亮的"金美味"变成了满院子的木材和枝枝叶叶,不禁大惊,甚至表示不悦。但他还是连着几天,回到家就做善后工作,把树干和枝叶收的收、捡的捡,并给市府设立的服务站打了电话,叫他们用卡车把"金美味"的残躯拖去。过了两天,那服务站开来两辆大卡车,把整个的"金美味"全拖走。后来开来账单,连砍树带收拾残局,一共是四百多法郎。

另外两棵树上结的苹果可以较久保存,只是质量和味道都远不如"金美味",所以自从没了"金美味",我们就再也没有那么香脆细嫩的苹果吃了。

朋友们和邻居们知道我运用"铁腕",把那么好的"金美味"砍了,都惋惜不已,熟一些的朋友就怨我说:"你真不该除去'金美味'的,它结的苹果真好,现在可连我们也没得吃了。"

他们只看到"金美味"的好,却没看到它作起怪来是如何地让人吃不消。老实说,自从砍去"金美味",我们的日子不知比以前好过了多少倍,我们可以有时间来生活了,不必从夏天到深秋,都做了"金美味"的奴隶。

西谚有句话,说"人不能样样有",也就是我们中国人常说的鱼与熊掌不能兼得的意思。从"金美味"的经验,我才深深地体会到这话说得多么贴切、智慧。

直到今天,我偶尔还会想起"金美味"那一树黄里透红的果实,那多汁味美的大苹果。但我从没后悔过砍掉它,因为我更爱生活和自由。

萧伯纳的智慧之语

母亲节和父亲节都过去不久,让我不由得想起父母子女,或有关孩子们家庭教育之类的问题。

中国有句俗话:养子不教父之过。我们有一套自己的教育方法,但把那套方法拿到西方来,能适合当地的做人标准和生存需求吗?可能要做番调整。长期生活在国外的移民,必须要了解主流社会的自然环境、地方风俗、人文思想、处世观念,等等。凡事不可太主观。因为你的想法,也许正好抵触到人家的想法。譬如说小孩不听话或犯错误,我们认为可以打几下屁股:天下无不是的父母,自己的小孩,打几下吓唬兼警示,有收效而无伤大雅,有何不妥?可在美国,这样的做法便行不通,甚至抵触了法律,被认为有暴力倾向或心理有病,没有教育子女的能力,说不定政府的社会部门会派人来,把孩子带走去监护。

记得看过一部叫《刮痧》的电影,内容是中西文化认知的冲突和习俗的差异所引起的故事:一对新移民的华裔夫妇,努力不懈地工作,终于达成期待已久的梦想。中国子媳心存孝道,以探亲名义,把住在国内的父亲接来美国。老先生得享天伦之乐。祖父爱孙心切,见孙子不适,就给他刮痧,小孩背上留下些红色痕迹,被一位美国医生意外地发现,认为是伤痕。这个中国家庭被认为虐待小孩,严重触犯法律,于是孩子被带去监护,并引出一串令人懊恼沮丧的官司问题。

对我们来说,疲劳、中暑、筋骨酸痛,或其他不适,利用针灸、拔罐或刮痧来缓解,是很自然的事,却在西方社会引起这样的轩然大波。这个故事,把文化相异可能产生的误解,演绎得入木三分。沟通应是拉近差异的最佳良方。家庭教育的方式,会影响到孩子们的思考方式和价值观,应当成一个问题摊开来讨论。

英国的大文豪萧伯纳说:交换一个苹果,不如交换一个想法。意思也正是像我们中国的成语所言:他山之石,可以攻玉。参考别人的方式,改正自己的缺点。苹果很甜,但吃完就完了,而不同的想法能让我们看清自身,检讨自己。

也许有人要说:适合西方人的未必就适合我们,我们是东方人、华人,自有更合乎我们国情的教育方法。如果你真这么想,而不理会当地习俗,让孩子只依照你的认知方向生活,那就无异给他造了一个"Chinatown(中国城)",做个圈圈把他的生命给局限起来了。因为你忽视了周遭的环境和他生存的实际需要,结果会给他造成许多困难,譬如打不进圈子,缺少朋友,自卑感,等等。

普天之下的父母,爱儿女的情,不管哪州哪国,本质是差不了多少的,不同的只是因国情各异,生活方式不同,孩子的成长过程也各有千秋而已。

最近美国有本叫《虎妈战歌》(*Battle Hymn of the Tiger Mother*)的书畅销爆红。作者的父母原籍福建,在菲律宾长大。父亲是麻省理工学院的博士,现任大学教授。她本人是出生在美国的华裔,身份为家中四个姐妹中的老大,毕业于哈佛法学院。她的大妹毕业于耶鲁法学院,二妹毕业于哈佛医学院,小妹虽有唐氏综合征,但曾拿过两次残障奥林匹克运动会游泳冠军。换句话说,就是她的父母生育了四个大风女。如今她的丈夫为犹太裔,他们生了两个女儿。《虎妈战歌》写的就是这位美籍华裔母亲的育儿回忆录。这本书让讲究自由主义的美国人惊异地发现,给孩子每天的作息表安排得如军事训练的、严厉的中国父母,果然能教育出能在课堂上考满分,而又能在卡内基音乐厅表演钢琴的十三岁女儿。在同样时间同样环境下,美国的本土母亲却养出一群没心没肺,只会嘻嘻哈哈的小傻蛋。这到底是于何种原因?难道是智商因素吗?当然不是。最后归宗于文化,原因之一是出于传统:从孔老夫子就重视学习、出人头地。华裔母亲之所以严格是为了保证孩子进入好大学,免得孩子一辈子都要受苦受累。西方父母很少想得这么远。那么,这表示华裔父母在教育孩子方式上优于西方吗?还是点明了中西文化冲突之所在?总之,卷起千堆雪,成为轰动一时的话题。"中国虎妈"成了流行符号。

其次,各自应该善于在文化的差异中寻找各自的优势。这一代来自海峡两岸的移民,大多已在自己的领域内有所成就,站住了脚。虽然我们可能很难在所有文化的领域内,比美国人更懂美国,但是在自己的专业中,已经就是,或者将成为超过很多美国人的佼佼者。

西方的孩子确实不负担这么多的责任。对西方的父母来说,每个孩子只是他们自己,一点也无须负责家族或父母的荣誉问题。甚至有这样的理论:"孩子不是你的私产,他是因上帝太忙,照顾不过来那么多人,才在人间制造了众多父母,代他养育,他们一脱离母体就是独立的人。"这样的说法叫做父母的听了何其气短。我们爱如宝贝的宁馨儿,跟我们的关系就是那么单薄吗?我想不是的。父母子女之间的爱是人间最经得起考验,与生俱来的爱。但最伟大的爱也需要经营,而这种"经营"就表现在给孩子的教育方式上。

有句俗话:"天下无不是的父母。"这话错了:父母不是神明,只是常人,一般人易犯的错误他都会犯,在教育孩子的过程中,最易犯的毛病是硬把自己的想法加在孩子身上,潜意识中要把他塑造成你所认为的标准人,却忽略了他们本身的性向。很多父母子女之间的关系不和谐,皆起因于此。当孩子觉得父母不了解他时,父母的话就成了他厌烦的魔咒。西方人强调要跟孩子"交朋友",双方站在平等的地位对话,增进了解。中国的观念乃讲究长幼有序,严父慈母。其间差异足可看出在给孩子家庭教育这一点上,父母所站的位置之差异。两者其实都有道理,若能互相参酌,截长补短,在孩子成长的过程中,也许更能帮助我们做得成熟圆融。

有位文友写了篇文章《祖辈惯坏第三代?》,内容说的是隔代看护孩子有一些弊端,诸如"补偿心理",等等。他分析得很有道理,但就算没有这些道理,我也不主张隔代或别的什么人给"看护"孩子。一个女人既然做了母亲,除非遇到不能抵抗的天灾人祸,否则孩子一定要自己带。母爱是宇宙之间无可代替的感情,享受过母爱和从不知母爱为何物而长大的人,心态绝对不同,谁也无权替一个幼童定夺,割舍他享受母爱的天然机会。

普天下的父母,基于天性,都在有形无形地为儿女默默付出。谁没有为了"怎样才能让儿女活得健康幸福"绞过脑汁,付过心力! 奉献、牺牲皆无怨言。但做父母的并非世界先知,也不过是血肉之躯的普通人,也会犯一般人易犯的错误。在教育儿女的过程中,如果出现这样那样的错误,也是极正常的事。怎样做个更好的父母,让儿女能身心更健康,好学成材,有个幸福满意的人生,是每一个父母的心愿。不过这里所说的幸福满意,不是父母所认为的,而是儿女们自己感觉到的。

  生儿容易育儿难,教育是一本大书。不要以为只有孩子们需要学习,父母也需要学习。一个把儿女当成对象来塑造的"虎妈"不值得鼓励。社会上动辄选举"模范母亲"之类更是幼稚而荒谬:一个母亲给她孩子的爱有多深,在她孩子的心里是什么感受,对她儿女的人生有什么样的影响,完全是他们亲子之间的个人感觉和事态,个中况味第三者怎能体会?谁有资格仅凭着外观表象和现实价值,指手画脚地评论别人的母亲!还要像选美似的比一比,这个足以做模范,那个略逊一等。萧伯纳到底是萧伯纳,他的情愿交换想法而不交换苹果的智慧之语,倒让我感到谦虚,务实,真正的合乎需要。

远古的笛声

中华文化内涵的深厚让我们激赞又骄傲,至今仍能在依稀间听到,似隐似现、由洪荒宇宙走向人类文明的、悠扬而清越的天籁纯音。

我爱音乐无疆界,从中国的平剧到西方的歌剧,贝多芬、巴赫、莫扎特的古典作品,到今天的中外流行歌曲,全能欣赏,当独坐书桌前或读或写,旁边放着音乐,就会像是心弦被暖风拨动一般,悠悠然杂念尽除,自觉是至美的享受。

爱音乐而不会玩乐器,颇引以为憾,对乐器也就很自〔然〕注意。曾翻过《新格罗夫音乐与音乐家辞〔典〕说:中国最早的乐器是大约四千三百多年前〔……〕则是从中亚传到中国的,而七声音阶亦由外如果世界上根本没有音乐,这个人间将是多么荒芜、枯燥,我们可怎么活!所以我并不在意什么音乐从何处传来。令我欣喜的是,人类生来就有对音乐感悟的本能。江山代有才人出。那些先世的大家,留下许许多多幽婉动听的旋律,让我们在尘气弥漫的日子里,总有净化心灵的乐声,清泉般潺潺流过。

不过虽不在乎音乐从哪儿来,如果一旦发现它原来是自己家中的宝藏,还是不免有种难言的愉悦和感动。譬如我在炎黄二帝的故乡,看到八千年前制造的七孔笛时就是如此。

这只笛子长约二十厘米,用鹤类动物的腿骨,锯去两端的关节制成。在笛上可以清楚地看出,在制作过程中,钻孔前为了计算每个洞孔之间的距离,曾做过一些记号,并经过反复修改。笛子完成后,在音洞旁钻小孔,以便于调整个别音域的音差。

过去的学说认为:七声音阶来自外国,中国古乐只有"宫、商、角、徵、羽"五个音阶,也就是说只有现在用的"1、2、3、5、6"。在曾侯乙编钟发掘后,中国仅有五声音阶的说法被高度怀疑(因为编钟即是七声音阶)。编钟属先秦时期,距今二千二百余年。1979年,考古学家们在浙江省河姆渡文化遗址,发掘出一批六千多年前的管乐器,引起音乐史学界的重视,但仍拿不出可将中国古乐"晋级"的证据。

七孔骨笛的出现,使得中国的音乐史要大大地朝前挪动。有音乐专家用骨笛试吹,曲子是河北民谣《小白菜》。结果七个音阶俱全,发音准确、音质优美。中国音乐史往前跨了一大步,自然是叫我们欢慰的好事。

可是问题又来了:在八千余年前的新石器时代,根据历史记载,应属农业社会成长的原始期,人住在洞穴或土屋里,钻木取火,用陶罐烹煮从莽林里猎来的野兽,男女杂交,生出的孩子只知其母不知其父,连个姓都没有,当然也没文字,更不懂缝制衣服。男女都用树叶和兽皮遮体,暴露的程度和今天明星拍的写真集不相上下。那年月应属于人与大自然合而为一的时代,离文明社会尚遥不可及。

这种情况之下,像七孔骨笛这样水平的乐器,是根据何种理论制造的呢?而且,这个笛子也不会是突然的产物,肯定在此之前还有别的类似乐器。那个乐器又是什么?在何处?历史、考古,似溢满熏香芬芳的迷宫,一旦走入便难再出来。

考古学家们告诉我：七孔骨笛的出土年代是1986年至1987年之间，出土地点是在河南省新郑市辖区内的贾湖附近，一个叫裴李岗村的地方，也就是在后来被称为"裴李岗文化遗址"中发现的。经过严密考证，得出的结论是，距今七千五百年至八千五百年之久。有人为文称这笛子为"中华第一笛"。我想，很可能它是天下第一笛，或世界第一笛吧。

历史和文明离不开坟墓，这七孔骨笛也不例外，是在一些墓葬中捡出的"随葬物"。墓主是男性，骨骼看来甚是修长均匀，应属青壮年期。笛子的位置是在死者的左手下方，显然是预备他兴致来了想吹奏时，便唾手可得。无疑地，笛子的主人是喜爱韵律、天生具有音乐细胞的风雅人物。

很难想象，八千余年前，在茫茫无垠的中华大地上，那些中国最早的"音乐家"，怎样手持古笛吹出优美乐音！从那只古老而不粗糙的七孔骨质笛子可以判断，那时的社会并不是茹毛饮血的野蛮状态，已开始有文娱生活的需求。

中华文化内涵的深厚让我们惊艳又骄傲，至今仍能在依稀间，听到似隐似现、由洪荒宇宙走向人类文明的悠扬而清越的远古笛声。